夏井いつきの おウチde俳句

夏井いつき

朝日出版社

はじめに

俳句の実作は「季語の現場に立つこと」が基本です。

とはいえ、世の中にはさまざまな事情を抱えている人たちがたくさんいます。


「歩けない自分は、外へ出てゆくことができません。」

「介護を続けているため思うように外出はできないんです。」

「季語の現場に立てない私たちは俳句が作れないのでしょうか。」


いえいえ、そんなことはありません。

どこに居ても、いつだって俳句はできるのです。

そこで、「家の中にだって俳句のタネはたくさんある！」ということを実証する俳句入門書を作ろうと思い立ちました。

本書執筆のために、ブログ「夏井いつきの100年俳句日記」にて俳句を募集。リビング、台所、寝室、玄関、風呂、トイレの六つをテーマとしました。

俳句は五感を使って作るもの。

視覚、味覚、触覚、聴覚、嗅覚を使って作りますが、そこにもう一つ加わるのが、第六感という強い味方です。

1 リビング「目」＝視覚
2 台所「舌」＝味覚
3 寝室「皮膚」＝触覚
4 玄関「耳」＝聴覚
5 風呂「鼻」＝嗅覚
6 トイレ「脳」＝第六感

このように位置づけて、それぞれの場所で「五感＋第六感」を使った「俳句のタネ」の探し方をアドバイスします。各テーマごとに課題を設定。小さなハードルを一つ一つ飛び越えながら、俳句が作れる体になっていきましょう。

おうちの中だけで俳句を作るヒントが詰まった一冊を、皆さんの人生の友として、傍らに置いていただけますことを切に願います。

夏井いつき

「おウチde俳句」もくじ

3 寝室　070

4 玄関　094

1 リビング

家族の集うリビング。かつては茶の間と呼んでいた場所が、カタカナでカッコよく呼ばれるようになりましたが、機能としてはあまり変わってないのかもしれません。『大辞林』を引いてみると、「リビング」とは〈①他の語の上に付いて、「生活の」「生きている」などの意を表す。②リビング-ルームの略〉とあります。生活の中心となる部屋=リビングに寄せられた俳句をもとに、まずは基本的な技術を押さえておきましょう。

基本のルール

「リビング」で投句された句を例として、まずは基礎的な事項を解説します。

1 正しい表記

五七五の間を空けず、一行で縦書きにする

まずは俳句の正しい表記から覚えましょう。

季語：こたつ（冬）

×

いいばしょだ　こたつがあれば　あたたかし

（上五）　（中七）　（下五）

山田祐輝

○

いいばしょだこたつがあればあたたかし

ついつい上五中七下五の間を空けて書いてしまいがちですが、五七五の間を空けず、一行で縦書きするのが正しい表記です。テレビの俳句番組で三行書きにしていることが多いのは、テレビ画面が四角だからという苦肉の策です。

2 「一句一季語」は、失敗しないための定石

風呂上がりアイスとビールと扇風機

季語：アイス（夏）／ビール（夏）／扇風機（夏）

人見直樹の後輩M

「風呂上がり」に「アイス」を食べる子、「ビール」を飲むお父ちゃん、「扇風機」を占領するお母ちゃん、それらを全部俳句に入れようとしたのは、ある意味あっぱれですが、残念ながら、季語っぽいものだらけ。「アイスクリーム」「麦酒《ビール》」「扇風機」はどの『歳時記』にも載っている季語たちです。

季重なりの名句もありますが、初心の間は「一句一季語」から練習していきましょう。いつか季重なりの名句が作れる日もやってきます。

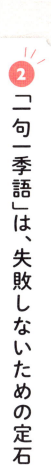

3

『歳時記』と仲良くなる

季語を知識として知る

午後三時子を待っているお汁粉と

いち乃

リビングの卓上にある「お汁粉」は立派な俳句のタネです。それを見つけただけで、「イメージで作ってしまう」という最初のハードルを軽々と飛び越えられているといえます。

ところがこの句、ちょっと残念なところもあります。一見季語っぽい「お汁粉」を季語として載せている『歳時記』はほとんどありません。『歳時記』は編者の考え方によって、載せている季語や分類の仕方が違います。俳句を作るためには、『歳時記』と仲良くなる必要があります。本書でも各テーマごとに使いやすい季語を紹介しますが、おうちでの俳句作りの友として、『歳時記』を一冊用意することをオススメします。

4 仮名遣いは自分で選ぶ

春炬燵せうゆのしみの輪は未完

季語：春炬燵（春）

瓦すずめ

これはシール跡
これは土鍋のこげ跡
こっちはしょうゆのしみ
我が家の歴史地図だな

「せうゆ」は歴史的仮名遣いです。読み方は「しょうゆ」。「醤油」のことです。春になっても仕舞っていない「春《はる》炬燵《ごたつ》」の天板にくっきりと残っている「せうゆのしみ」。こんなものも俳句になるのですね。うちの炬燵の天板にも、醤油入れの輪がくっきり残っているわ、というお宅も多いはず。このアルアル感が読者の共感となります。さらに下五「輪は未完」という描写が見事ですね。醤油入れの輪の一部だけがくっきりとある。いかにも春炬燵らしい映像がはっきりと見えてきます。

春炬燵しょうゆのしみの輪は未完

春炬燵醤油の染みの輪は未完

試みに現代仮名遣いで書くと、ぱっと見た時意味は伝わりやすくなりますが、「せうゆ」って何？　という謎がなくなる分、少し物足りない気もします。全部漢字で書くと、句の印象が重くなります。「春炬燵」という主役となるべき季語が、漢字の羅列の中に埋もれている印象です。作者は、歴史的仮名遣いで「せうゆ」と書くのが感覚に一番ぴったりきたから、この表記を選んだのでしょうね。

仮名遣いだけでなく、平仮名、カタカナ、漢字、アルファベット、どの文字を使うかも、句の内容に応じて判断しましょう。

5 五分で一句できる「取り合わせ」の基本型

葬儀屋のパンフレットや唐辛子

季語：唐辛子（秋）

英賀ミル

どこかで貰ってきた「パンフレット」も、リビングの卓上にありそうなモノの一つ。これも立派な俳句のタネです。しかもそれが「葬儀屋」のものであるというのが飄々とした味わい。近々お世話になるかもしれない「葬儀屋のパンフレット」をパラパラと捲りつつ、あれこれ思案を巡らせているのでしょうか。

下五の季語はピリリと辛い「唐辛子」。上五中七のフレーズ「葬儀屋のパンフレットや」と下五の季語「唐辛子」は、意味の上ではなんの関係もありません。意味は連動しないのですが、フレーズと季語がお互いにイメージや心情を膨らませたり深めたりします。

これは「取り合わせ」という俳句の作り方です。「季語」と「季語とは関係のないフレーズ」を取ってきて合わせるから、この名前がついています。下五の「唐辛子」という季語が目に入った途端、「パンフレット」の表紙の色や文字が唐辛子の色なのだろうか、と思う人もいるでしょう。「葬儀屋」の値段に驚く気持ちが唐辛子を噛んだ時みたいなのかもよ、と想像する人もいるかもしれません。

「五音の季語」＋「季語とは関係のない十二音（俳句のタネ）」

「季語とは関係のない十二音（俳句のタネ）」＋「五音の季語」

この型は、「取り合わせ」の技における基本中の基本の型です。「季語とは関係のないフレーズ」を、私は「俳句のタネ」と呼んでいます。オリジナリティの高い「俳句のタネ」が、「季語」と取り合わせられることで、純度の高い十七音の詩となります。この作り方の句は、読み手が自由に読み解いて楽しむタイプの作品です。作者が、こういう思いで作りましたと語ったとしても、それが正解というわけではありません。むしろ、読み手側がさまざまな解釈鑑賞を展開することで、作品世界がますます豊かになっていくと考えればよいのです。

「取り合わせ」の基本型は34ページの【やってみよう！③「取り合わせ」の基本の型をマスターしよう】でマスターしましょう。

季語コラム

「取り合わせ」に使いやすい五音の季語

春
冴え返る・木《こ》の芽時・雛祭・花便り・春惜しむ

夏
夏来る・麦の秋・梅雨に入る・夏真昼・夜の秋

秋
秋暑し・長き夜・今日の月・そぞろ寒・秋の暮

冬
冬ぬくし・日脚伸《ひあしの》ぶ・冬の夜・年の暮・寒の内

「リビング」にありそうな五音の季語

春
春灯・春障子・春炬燵・桃の花・チューリップ

夏
ソーダ水・藍浴衣・夏料理・さくらんぼ・扇風機

秋
月見酒・秋の薔薇・文化の日・青蜜柑・秋団扇《あきうちわ》

冬
寒椿・クリスマス・冬座敷・冬籠《ふゆごもり》・毛糸編む

秀句から学ぶ「俳句のタネ」探し

皆さんから寄せられた作品の中から、秀句を取り上げ、おうちで俳句を作る時の「俳句のタネ」の探し方について解説していきます。

発想ポイント1

具体的なモノから発想する

季語：りんご（秋）

リビングにリモコンいくつりんごむく　小市

なんでこんなに「リモコン」があるんだろうと思うことはありませんか。テレビ、エアコン、オーディオ、照明器具などなど。手元にある便利さは分かるんだけど、どれが何のリモコンなのか分からなくなることもある。便利と不便のはざまに「リモコン」たちは置かれているのかもしれません。「りんご」が秋の季語。「りんごむく」というリモコンではできない作業を下五にもってくるあたりが巧い取り合わせです。

リモコンを愛犬のごと春の夜　ぐわ

季語：春の夜（春）

一読、テレビの「リモコン」を想像しました。なぜそう思ったんだろう？　と、句に使われている言葉をもう一度眺めてみると、中七「愛犬のごと」という比喩の力かもしれないなと思い当たりました。「愛犬」のように飼い主のいうことを聞いてくれる、「愛犬」のようにいつも一緒にいる、それが「リモコン」なのでしょう。「春の夜」という季語が、ゆったりと甘やかです。

「五音」のモノ、「七音」のモノを見つけたら、句帳にメモしておきましょう。さらに「四音」「六音」のモノは助詞を一つくっつけると「五音」「七音」になりますから、これも要チェックです。

発想ポイント2

テレビ番組の中にも「俳句のタネ」

俳句の世界では、「テレビを見て俳句を作るなんて！」と目を三角にする先生もいらっしゃいますが、私はテレビも句材の一つだと考えます。

幾度も同じニュースを見て日永

季語：日永（春）

耳目

大きな事件や事故が起こった時、ニュース番組では「幾度も同じ」VTRを流します。「幾度も同じニュース」という措辞《そじ》には緊迫感もありそうですが、下五「～見て日永《ひなが》」で空気が緩みます。「日永」は、文字通り、日が永くなってきたなあという意味の春の時候の季語。一気に長閑《のどか》な雰囲気になります。パンダの赤ちゃんが生まれたとか、タレントの恋愛だとか、他愛ない類のニュースかもしれないなあと思わせるのが、季語の力です。

犯人は愛人かしら蜜柑むく

季語：蜜柑（冬）

ちゃうりん

こちらはサスペンスドラマかな。自分がつぶやいた言葉「犯人は愛人かしら」が、そのまま俳句のタネになりました。下五「蜜柑《みかん》むく」は、いかにもテレビの前に座っている場面を思わせる季語。「むく」の一語で蜜柑の香りや、剥く時の感触まで伝わってきます。

テレビを見ながら俳句を作ることを、私は「脳内吟行《ぎんこう》」（※「吟行」＝俳句を作りに出かけること）と呼んでいます。「脳内吟行」のための、おススメはドキュメンタリー番組です。普通の人間ではなかなか行くことのできない場所、見ることのできない映像を特等席で見せてくれます。動物の不思議な生態や植物の命の不思議などが居ながらにして見られるのは贅沢です。

「脳内吟行」のコツは、テレビ画面の中に自分が入っていくこと。水しぶきがあがれば、その水しぶきを自分の腕に感じ取り、音に耳を澄ませ、ここにはきっとこんな匂いが満ちているにちがいないと想像してみることが、新鮮な「俳句のタネ」を手に入れるコツです。

いずれにしても、ぼんやりとテレビを見ないで、句帳を傍らに置きましょう。常にメモする心構えが、俳句作りの第一歩です。

1 リビング　2 台所　3 寝室　4 玄関　5 風呂　6 トイレ

この子はマサシさんの子！
あの人の財産を
もらう権利があるわ
まー、
よくも
ヌケヌケと
……!!

何すんのよ
キャー
この
どろぼうネコっ
ドキドキ
犯人は
愛人かしら
平和だ
なあ……

発想ポイント3

掃除機やペットは動いてくれる「タネ」

お掃除は全ての部屋に共通する俳句のタネです。掃除機の動き、掃除をしている人をじっと観察してみましょう。「掃く」「拭く」「叩く」等の動詞は、そのまま動きの表現となります。

リビングの犬の毛を掃く春隣

季語：春隣（冬）

海音

「春隣《はるどなり》」は、春が近づいてきているよという意味の冬の季語。閉じこもりがちだった冬が終わろうとしている日、「犬の毛を掃く」という措辞だけで、作者の動作、ペットの犬の存在、家の中で飼っている愛玩犬であること、などが分かります。

「春隣」は映像を持たない季語なので、残りのフレーズには確かな映像や音、匂いなどを書くことが大事なポイント。その定石をしっかりと押さえている一句です。

季語：ホットレモン（冬）

ホットレモン掃除機ルンバ走らせて

とりとり

商品名だって俳句のタネです。「掃除機ルンバ」が走り回っているリビングの床。お掃除はまかせて、「ホットレモン」を飲んでいるのが、いかにもイマドキの主婦という感じです。ちなみに「ホットレモン」は、冬の季語「ホットドリンクス」の傍題。

商品名「ルンバ」が市民権を得てくれれば、わざわざ「掃除機」と書かなくともいいか、という判断も生まれてきます。

発想ポイント4

自分がやっていること、集まってくる家族も「タネ」

採点の丸サクサクと窓の花　一斤染乃

季語：花（春）

暖かや旅行雑誌に貼る付箋　高尾彩

季語：暖か（春）

目玉焼つぶして春をひとりじめ　ちびつぶぶどう

季語：春（春）

それぞれ、リビングで何をしているかを書いているだけですが、ありありと様子が見えてきます。「採点の丸」は学校の先生でしょうか。自宅で塾を開いているのかもしれませんね。「窓の花」の「花」が春の季語。「花」とは桜のことです。

春の季語「暖か」から始まる二句目は、気候が良くなったから旅に出掛ける計画を立てているのでしょう。「旅行雑誌に貼る付箋」で「付箋」に焦点を当てる構成が巧い一句です。
三句目は、ちょっと面白い構成。中七に「春」という一音の季語を置いています。「目玉焼」を「つぶし」たからといって「春をひとりじめ」できるわけではないのですが、そんな気分こそが「春」だね、と語りかけてきます。軽やかで楽しい作品。

季語：春の昼（春）

春の昼でんわへ夫の深き礼　ほしの有紀

季語：春の宵（春）

春の宵しゃべる家電と酒と夫　おぼろ月

家族も句材です。「夫」を描いた二句。「でんわ」に向かって深々と「礼」をする様子を眺める妻。上五の季語が「春の昼」ですから、妻はほのぼのとした気持ちで、この生真面目な夫をみつめているのでしょう。もし、妻がもっと皮肉な気持ちで夫を突き放しているのならば、「春の昼」という季語は選ばないだろうと思います。
二句目「春の宵」は、少し艶っぽさも匂う季語ですが、「しゃべる家電」と「酒」と「夫」が並べられているだけなので、妻の感情はさまざまに解釈できます。家電ですら「しゃべる」のに「酒」

を飲んでも全く話そうともしない「夫」を、妻は諦め半分で眺めているのでしょうか。それとも、夫婦二人で楽しむ「春の宵」に「家電」がいきなりしゃべったのに、くすっと笑ったのでしょうか。

家族も句材ですから、半歩離れて観察してみましょう。家族の行動にあれこれ口出しする前に、句帳を取り出す。じっと観察していると、対象物に愛が芽生えます。それもまた、俳句の効用です。

発想ポイント5

小さな変化が面白い句材に

夫のシャツ壁へだらりと梅雨湿り

季語：梅雨（夏）

あまいアン

雨の日になると出現するモノがあります。洗濯物が干せない「梅雨」の頃ですが、明日着る「夫のシャツ」だけでも、部屋干しにしておこうという妻の愛。とはいえ、中七「だらりと」が家事に倦んでいる主婦の気分を匂わせます。「梅雨湿り」という湿度の表現がまた「だらり」の気分を助長します。

季語：ヒヤシンス（春）

リビングへ移す早咲きヒヤシンス

石川さん子

季語：向日葵（夏）

向日葵が居間を乗っ取り早三日

理酔

昨日までなかったモノが置かれている。それが季語だったら、尚更ラッキーです。暖かいリビングへ「早咲きヒヤシンス」を「移す」という行為が、大切に思う心情の表現にもなっています。また、大きな「向日葵《ひまわり》」に対する「居間を乗っ取り」は、この花ならではの擬人化。ちょっと困っている気持ちと、それでも愛でたいという気持ちが相半ばしているのでしょう。「早三日」という時間経過をさりげなく入れているのも、巧いですね。

リビングの定点観測では、昨日と今日の違いも面白い「俳句のタネ」となります。ぼんやりと眺めるのではなく、自分の目で一つ一つのモノや変化をしっかりと確認しましょう。気がついたことがあったら、すぐにメモしておくことが重要なポイントです。

コラム
才能あり!への道

目を使う

誰でも思いつく発想を「類想」と呼びます。俳句はたった十七音しかないので、凡人的発想の似たような句が沢山沢山作られます。

「リビング」というとすぐに「団欒《だんらん》」という言葉を思い浮かべ、「炬燵」という季語を連想する。これはかなり凡人的発想です。なぜ、ありきたりの句になってしまうか。それは、自分の目や耳や鼻を使わないで、イメージだけで俳句を作っているからなのです。まずは、炬燵や食卓の上にあるものに目を向けてみましょう。

団らんの卓に寄り添う熟れバナナ　ちゃめの父

季語：バナナ（夏）

「バナナ」は季語？　と思う人もいるかもしれませんが、ほとんどの『歳時記』に載っている季語です。俳人高浜虚子もこんな句を作っています。

川を見るバナナの皮は手より落ち

高浜虚子

昭和九年の作。え？　これが有名な俳人の句なの？　とびっくりする人、「川」と「皮」のダジャレ?!　と思う人、「団らんの卓に寄り添う熟れバナナ」の句のほうが良いように思う人もいるかもしれません。が、「団らん」の句は、やはりイメージで作っている部分があるのです。「卓に寄り添う」のは「バナナ」ですが、「団らん」という言葉には卓に寄り添う家族のイメージが濃厚にあります。家族が寄り添う団らんというイメージを、卓に寄り添うバナナに重ねたところが作者の工夫ではあるのですが、逆にそこがありきたりな印象になってしまうのです。

それに対して、虚子の句は自分の眼球に映った光景を言葉にしています。「川を眺めている。食べ終わったバナナの皮がうっかり手から落ちた。」たったこれだけのことですが、その映像が言葉で再生されているのです。この句は、虚子の「意味の無い句」として有名です。意味はないが、強い映像喚起力を持っている。俳句とは、まさにこんなものなのです。

五感で俳句を作ろう！

ポイントは「目」＝視覚

俳句における「目＝視覚」は、「俳句のタネ」の在り処をたちどころに教えてくれるソナー（探知機）のようなもの。俳句のタネの宝庫「リビング」では、目を使ってみましょう。

やってみよう！

1 句帳と筆記用具を用意しよう

まずは「句帳」と「筆記用具」を用意しましょう。

「句帳」に、決まりのようなものはありません。どこかでもらった小さなメモ帳でもいいです。裏の白い紙を適当な大きさに切ってクリップで留めたものでも「句帳」として使えます。

「筆記用具」も何でもいいです。自分が書きやすいものを用意してください。スマートフォンのメモ帳を利用してもかまいません。

やってみよう！

②壁に飾られている五音のモノを三つ書き留めよう

（　　　　）（　　　　）（　　　　）

※一言アドバイス　できるだけ季語ではないと思うモノを探してみましょう。

改めて眺めてみると、壁にはいろんなものが飾られていたり、掛けられていたり、貼られていたりしますね。どのお家にもありそうなのがコレ。

季語：夕焼（夏）

夕焼す居間には山のカレンダー　彩楓

「居間」の壁に掛けているのは「山のカレンダー」です。美しい山、雄々しい山、雪山など季節ごとの美しい写真が載っている「カレンダー」なのでしょう。「夕焼」は夏の季語ですから、「山のカレンダー」は夏山の写真なのでしょう。窓から見える「夕焼」が、「居間」の「カレンダー」の色合いを変えているかのような光景に心が動いたのかもしれません。

「居間には山のカレンダー」という十二音の「俳句のタネ」に、「夕焼す」と五音にした季語を取り合わせた一句。基本を忠実にやっていますね。

やってみよう！

③「取り合わせ」の基本の型をマスターしよう

「五音の季語」＋「季語とは関係のない十二音（俳句のタネ）」

1. 壁から見つけた五音のモノ（単語）を下五に入れましょう。

例

（上五）

（中七）

掛け時計

2. 下五の単語を、中七で描写します。（色、形、性能、値段、いわれなど）

例

（上五）

＋

秒針進む

＋

掛け時計

3. 上五に季語を取り合わせましょう。

例　夏休み　＋　秒針進む　＋　掛け時計

＋　＋

4. 出来上がった俳句を、五七五の間を空けないで一行で清書しましょう。

やってみよう！

④ 下五に五音の季語を置く型

もう一つ、基本型を覚えましょう。下五に「五音の季語」がくる型です。

「季語とは関係のない十二音（**俳句のタネ**）**」＋「五音の季語」**

日めくりの標語しみじみ夜の秋

季語：夜の秋（夏）

トポル

「カレンダー」は五音ですが、「日めくり」は四音。「～の」という助詞をつけて上五を構成します。中七は、上五「日めくり」に書いてある「標語《ひょうご》」を「しみじみ」と読んでいる作者を思わせます。その「しみじみ」とした気分に似合った季語として「夜の秋」を取り合わせているのですね。

季語「夜の秋」は、秋という字が入っていますが、夏の季語です。夜になると涼しくなってきたな、という気分に秋の到来を感じ取っているという季語です。

1. 壁から見つけた五音、あるいは四音のモノ（単語）＋一音の「助詞（の・は・が、等）」を上五に入れましょう。

例

古時計

（中七）

（下五）

2. 上五の単語を、中七で描写します。（色、形、性能、値段、いわれなど）

例 古時計 ＋ 振り子が揺れぬ ＋ （下五）

＋

3. 下五に季語を取り合わせましょう。

例 古時計 ＋ 振り子が揺れぬ ＋ 年の暮

＋ ＋

4. 出来上がった俳句を、五七五の間を空けないで一行で清書しましょう。

「リビング」秀作

ブログ「夏井いつきの100年俳句日記」にて募集した俳句の中から、秀句・佳作を紹介します。

母の手の短きクレヨン春炬燵　香雪蘭
春炬燵せうゆのしみの輪は未完　瓦すずめ
タマの名は三代目なり春炬燵　クラウド坂上
リモコンを愛犬のごと春の夜　ぐわ
アロハ着てCコードからFコード　こでまり
ホットレモン掃除機ルンバ走らせて　とりとり
コートごと飛び込む夜勤明けのソファー　ノクターン
春の宵しゃべる家電と酒と夫　おぼろ月
沈黙の統べる年夜の震度3　タナカカナタ
うたた寝の夢はモノクロ風邪心地　みさを
お茶の間の柱時計が春を打つ　ポメロ親父
葬儀屋のパンフレットや唐辛子　英賀ミル
うたた寝の頬で五月の風遊ぶ　佳薫
室咲や雲へ笑えと友の言う　花子
リビングの犬の毛を掃く春隣　海音
帯縫いの手を止めみつつ雛あられ　京あられ

白黒の怪奇ドラマや雪しまく　三ノ宮ねこ
リビングへ移す早咲きヒヤシンス　石川さん子
食堂兼居間兼仏間春近し　柱新人
一年やゆつくりひらく桜漬　板柿せっか
カーテンの襞の沈黙冴返る　北垣みどり
二人には狭いテーブル春浅し　磨湧
来客のグラスをまよふ良夜かな　万莉
猫の恋リビングに夫生きてをり　欲句歩
居間広し無言電話の奥が秋　理酔
向日葵が居間を乗っ取り早三日　理酔
吹き込みし飛花一片をルンバ吸ふ　Ｈｏｈ
テーブルの上おしゃべりなヒヤシンス　ｊｕｌｉａ
夫のシャツ壁へだらりと梅雨湿り　あまいアン
朝刊に寝そべる猫や春の雨　うしうし
サイフォンと水槽のエア秋の夜　かつたろー。
初雪の声は山陰テレビかな　ぐずみ

おぼろ夜の居間に落ちたるピアスかな　ことまと
冴え冴えと明朝体の暦かな　さるぼぼ
リビングも厨も一つ冬深し　たあさん
目玉焼つぶして春をひとりじめ　ちびつぶどう
犯人は愛人かしら蜜柑むく　ちゃうりん
母の座の空き一本の冬薔薇　てん点
居間に置く鈴虫髭をふるばかり　ときこ
ゴーフルの空き缶に飴入れて春　どかてい
サイクロン面舵いっぱいに子猫　としなり
日めくりの標語しみじみ夜の秋　トポル
引きこもる吾子へ匂えよ居間の百合　ろここ
採点の丸サクサクと窓の花　一斤染乃
夏の居間まるで小津映画のやうな　永井潤一郎
窓開けて雪の匂いの部屋にする　安達
春の昼でんわへ夫の深き礼　ほしの有紀
巾木まで夕日届けば秋と言ふ　霞山旅
籐椅子の小さきほころびジムノペディ　月の道

永き日のソファーの本の崩れさう　香野さとみ
暖かや旅行雑誌に貼る付箋　高尾彩
カーテンの濾過した光冬の蠅　佐藤直哉
夕焼す居間には山のカレンダー　彩楓
幾度も同じニュースを見て日永　耳目
蛍来て閉まったままのピアノかな　実峰
死後のこと話す卓袱台ラフランス　酒井おかわり
フラスコで注ぐ珈琲春ゆふべ　出楽久眞
リビングにリモコンいくつりんごむく　小市
朧夜のリビング猫が増えてゐる　小川めぐる
線香に錆びゆく百合の十二本　小野更紗
冷やかに絹のクッションほつれゆく　長緒連
孫の手の行方不明の師走かな　糖尿猫
リビングに白地図展げ夏に入る　内藤羊皐
算数の難問毛糸編む祖母に　富山の露玉
ガラステーブル春愁は透けて見ゆ　片野瑞木
万緑や籠鳥のごと居間を出ず　凡鑽
涼風や仏間も庭も一間とす　抹茶金魚
額縁の隅は直角四月馬鹿　椋本望生

湯上りのしづくや絨毯の薔薇へ　有田けいこ
ちやぶ台の疵や家長の大くさめ　鈴木麗門
春の水飲むやペットの名はθ（シータ）　恋衣
秋の雲考の碁盤に眠る猫　はまのはの
剥製の雉の目怖い黄水仙　むらさき
本棚は巣箱深夜に繁殖す　中山月波
手おぼんのいつもの座椅子日向ぼこ　さとう菓子
灰皿を片付け祖父の余白かな　さや
九寸の大黒柱春の風　まりりん
嫁ぐ日の空かくあらむ雛納　富山の露玉
思い出のがらくたばかり春の暮　富樽

佳作

午後三時子を待っているお汁粉と　いち乃
団らんの卓に寄り添う熟れバナナ　ちゃめの父
料理せぬ猫の額と炬燵ぬくぬく　天野姫城
家族みな角に膝打ち掘りごたつ　名ばかり宗幸
雛納め空っぽの居間に影残し　寿々

秒針の響く祖父の居間で古茶　椿五日
涼み将棋父のえくぼに子の愁眉　楽進
子の丈を見上げる祝いの雛あられ　えむも♪
窓からのひ孫の声とシャボン玉　真宮マミ
三回忌母の手作り雛飾る　西あかね
風呂上がりアイスとビールと扇風機　人見直樹の後輩M
柱傷157で止まりけり　狸漫住
お帰りと居間の灯りや春隣　昼行燈
山桜テラス造りて後悔す　典
朝ドラで泣き笑い顔匂う春　藤原ゆみ
宿替を孝が決め手の家桜　豆闌
春のどかリビングで聴くクラシック　俳柳
たけのこや孫が来るたび模様がえ　歩夢
去年より痩せたようだね竹婦人　堀アンナ
春昼や振り子時計の正時打ち　四葉
ベゴニアに残り湯与ふ嫗かな　宵嵐
リビングのカーテン開けてすぐ枯野　松尾清隆
風光る居間に玩具の散らばりて　葉音

2

台所

「台所」は、家族の胃袋を支える場所。「キッチン」とカタカナで呼ばれることも多くなりましたが、古い言い方をすれば「厨」。どう呼ぶかによって、印象はがらりと変わりますね。「作る」や「食べる」を通して感じる季節の恵み。忙しい日々の中で、心を豊かにしてくれる季節を感じる絶好の場です。

秀句から学ぶ「俳句のタネ」探し

皆さんから寄せられた作品の中から、秀句を取り上げ、おうちで俳句を作る時の「俳句のタネ」の探し方について解説していきます。

発想ポイント1

「冷蔵庫」の内と外に「俳句のタネ」

季語：冷蔵庫（夏）／杏子（夏）

冷蔵庫杏子煮明るく冷えており　うしうし

「冷蔵庫」は夏の季語です。かつての「冷蔵庫」は今のようにどの家庭にもあるというモノではなく、ましてや電気の力で冷やすものではなく、大きな氷を上段に置き、その冷気が下に降りることでモノを冷やすという、実にアナログな器具でした。現代では「冷蔵庫」そのものの季節感が薄くなっているので、この句のように、別の季語と取り合わせるケースも増えてきています。

「冷蔵庫」を開けると「杏子煮」が美味しそうに冷えています。この描写だけでも充分に美味しそうですね。味をあれこれ述べなくても、映像を描くだけでも「美味しい」を伝えることができるのです。

うちの冷蔵庫には、そんな美味しそうなモノは入ってないわ、という人もいるでしょう。それもまた発見ポイントです。

季語：冷蔵庫（夏）

冷蔵庫から取る猫の薬かな

どかてぃ

まさかこんなモノまで入れてる!?　という驚きも「俳句のタネ」です。要冷蔵という薬をもらったら「冷蔵庫」に入れるしかありませんものね。人間サマの薬ではなく「猫の薬」。愛猫家である作者の存在も見えてくる一句です。

冷蔵庫の中を改めて眺めてみましょう。なんでこんなモノが？　というものを見つけたらこっちのもの！　それが驚きであればあるほど、オリジナリティの高い「俳句のタネ」になるのです。

季語：冷蔵庫（夏）／父の日（夏）

冷蔵庫に貼る父の日の似顔絵

かをり

冷蔵庫の扉に何かを貼っているおうちも多いのではないでしょうか。ウチの冷蔵庫には、毎週のゴミ出し表と、輪ゴムが掛けられる吸盤付のフックが貼り付けてあります。

この句のおうちは「父の日の似顔絵」です。ほのぼのとした家庭を思い浮かべる人もいるでしょうし、毎晩遅いお父さんが必ず見る場所が「冷蔵庫」の扉なのかもしれません。父子家庭を想像する人もいるでしょう。たかが「冷蔵庫」に貼ってあるモノだけでも、さまざまな家庭を表現することができるのです。

さあ、冷蔵庫の前に立ってみましょう。何が貼ってありますか。それもれっきとした「タネ」ですよ。

発想ポイント2

「今日の献立」はバラエティ豊かな「タネ」

毎日毎日食べる食事。その献立ほどバラエティ豊かな「俳句のタネ」はありません。まずは定番のカレーから。

季語：帰省子（夏）

帰省子や激辛カレー大鍋に

柝の音

季語：明易し（夏）

明易や焦げしカレーを掻き回す

せり坊

「帰省子」とは、郷里に帰省してくる子どものことです。「帰省」が夏の季語で、その傍題（付属的な季語）が「帰省子」です。いつもは中辛ぐらいのカレーなんだけど、「帰省子」たちが戻ってくるから、「大鍋」で「激辛カレー」を煮ているのです。好物の「激辛カレー」を食べさせてやろうという親心が「帰省」という季語に表れます。

かたや、「焦げしカレー」も句材となります。「明易《あけやす》」は夏の季語。「明易し」が基本的な使い方ですが、上五「明易や」とする例句も『歳時記』には載っています。短い夏の夜がすぐに明けてしまう、という意味の季語です。「焦げしカレー」は昨夜うっかり焦がしてしまったものでしょうか。夕べの失敗の痕跡が、鍋の底に残っている。底の焦げを剥がさないように慎重に掻き回しているのか、破れかぶれで掻き回して、焦げが浮いてきたのか。リアルな想像が次々に湧いてきます。

肉ジャガへちちんぷいぷい目借時

季語：目借時（春）

酒井おかわり

季語は「目借時《めかりどき》」です。春になるといつも眠いような気がするけれど、蛙たちが鳴きだす頃になるとさらに眠気が増してくるよ、という意味の季語。蛙たちが人間の目を借りてしまうので、人間は眠くなるのだという説もあります。中七「ちちんぷいぷい」は、美味しくなりますようにというおまじないでしょうか。そのほくほく感と「目借時」という長閑な季語が似合います。

そうめんの一筋逃げる排水溝

季語：そうめん（夏）

誉茂子

これも、台所あるある！「そうめん」を茹でてザルにあげて、水であらう場面です。「そうめんの一筋逃げる」という擬人化が愉快ですし、リアリティもあります。「そうめん」の白に対して、下五「排水溝」の暗い穴が口を開けている様子も、対比されています。言うまでもなく「そうめん」は夏の季語です。

正岡子規にならって今日食べたもののメモ
そうめん…
あんぱん…おせんべい…
カステラ…アイス…
スイカ…ハンバーグ…
あめちゃん…おかき…
おにぎり…
かき氷…ようかん…
お母さん
食べすぎ

俳人正岡子規は、寝たっきりの病床にて日々食べたものを全部メモしていました。おやつの菓子パンの個数まで克明に。あなたも今日から、日々の献立を句帳にメモしてみませんか。

発想ポイント3

「調味料」も美味しい「タネ」に

台所にあるモノといえば、各種の調味料も「俳句のタネ」です。

ステンレスはこぼれた塩を映し秋

季語：秋（秋）

剣持すな恵

磨き上げられた「ステンレス」の光、そこに「こぼれた塩」の粒。微細な素材を見つける目が俳人です。さりげない動詞ですが「映し」によって、「ステンレス」の新しさ、あるいは手入れの良さが表現されます。さらに最後の一語「秋」という季語の置き方も洒落ています。「ステンレス」が「こぼれた塩」を「映す」その光の陰影が、まさに「秋」の光景であるよ、という一句です。

季語：韮（春）

韮炒めさしすせそのしが無い

椋本望生

調味料のことを「さしすせそ」と表す調理用語があります。「砂糖（さとう）」「塩（しお）」「酢（す）」「醤油（せうゆ＝しょうゆ）」「味噌（みそ）」調味料を入れる順番を「さしすせそ」で覚えるという用語です。

それにしても「さしすせそ」の「し」が無いのは、致命的です。「韮炒め」の材料の「韮」は春の季語。韮はちょうど良い長さに切られて、調理を待っているのでしょうか。いやいや、すでに中華鍋で炒められているのに、この期に及んで「し」が無いことに気づいたのか。

この句の楽しいのは、無音の拍を刻んで詠むところ。「にらいため・さしすせそ（っ）の・し（っ）がない」という詠み方をさせようと、作者は企んでいるのです。その通りに声に出して詠んでみると、ささやかな緊迫感が生まれて、尚更愉快です。

季語：鮭（秋）

鮭の身になじむ雨夜の塩麹

比々き

この句なんかは、実にうまそうです。まだ食べるところまでいってないのかもしれませんが、この「鮭の身」を焼いて食べたらどれだけうまいか！　これを肴に冷酒を飲んだらどれだけシアワセか！　と思ってしまいます。

食材の句は、どんな味であるかをくだくだ説明しなくても、この句のように映像を描写するだけで、自ずとうまそうな気配が漂ってくるのです。

「鮭の身に」の後の動詞「なじむ」が巧いですね。後半の「雨夜の塩麹」がまた粋です。雨のひそかな気配、静かな夜を重ねて「塩麹」が「鮭の身」の旨味を熟成しているのです。

あなたの台所には、一体どれだけの調味料があるでしょうか。それを一つ一つ書き出しながら、さまざまな料理に思いを馳せてみるのも、「俳句のタネ」を探す豊かな時間です。

1 リビング
2 台所
3 寝室
4 玄関
5 風呂
6 トイレ

発想ポイント4

「調理器具や設備」で作る、臨場感あふれる句

季語：鮭（秋）

鮭さばく出刃も小さくなりにけり　こま

菜箸の五秒の勝負朝桜　安

季語：朝桜（春）

季語：秋の灯（秋）

秋の灯やおしょうゆ染みたおとしぶた　月の道

「出刃」が二音、「菜箸」が四音、「おとしぶた」が五音。音数を確かめながら調理器具をリストアップしてみましょう。台所にどのぐらいの数の器具があるか。数えてみるのも「俳句のタネ」探しです。

昔の「出刃」は分厚くて大きかったのですが、イマドキの「出刃」の性能の良さには驚いてしまいます。大きな大きな「鮭」をさばくための「出刃」の、なんと小さくなったことか、と詠嘆した

一句。「小さくなりにけり」に感慨がこもります。
「菜箸」に対して「五秒の勝負」という表現に臨場感があります。炒り卵をかき混ぜているのか、天ぷらの食材が浮き上がってくる時間か、料理に詳しい人は「五秒」というさまざまなタイミングの可能性をリアルに想像できるのでしょう。下五「朝桜」という季語の清々しさから考えると、新学期のお弁当作りかもしれないなとも思いました。
「秋の灯」は少し暗くて、冷ややかな秋気の中の灯り。「〜や」の強調でカットが替わり、「おしょうゆ染みたおとしぶた」が出てきます。「おとしぶた」の描写としてはややありがちな中七ではありますが、上五の季語との取り合わせが、しみじみとした懐かしさを伝えてくれます。

季語：蟹（冬）

蟹茹でるだけの大鍋出しにけり　あまぶー

季語：ひぐらし（秋）

ひぐらしや温めなおす両手鍋　まゆ熊

季語：六月（夏）

六月の圧力鍋の蒸気満つ

ほしの有紀

一言に「鍋」といってもさまざまな用途のさまざまな鍋があります。年に一、二度この季節だけに使う「大鍋」もあります。「蟹」を茹でるためだけに使う「大鍋」ですから、自ずとその大きさも想像がつきます。「蟹」の最盛期にお裾分けをいただくということであれば、北海道や山陰の海辺の町かもしれないと、想像は「鍋」の外にも広がっていきます。

「両手鍋」はぴったり五音。あちらこちらで五音のモノを見つけただけで嬉しくなりますね。五音の「両手鍋」を下五において、中七で「温めなおす」と描写する。そして、四音の季語「ひぐらし」と一音の助詞「や」で上五を作る。この型は34ページの課題【やってみよう！③「取り合わせ」の基本の型をマスターしよう】そのままです。型にしっかりと言葉を入れていくと、型の力＋季語の力が、俳句にしてくれるのです。「ひぐらし」の声を聞きながら、温めなおして食べる。質素な日常が見えてくる一句です。

「圧力鍋」は六音ですから、中七に「圧力鍋の」と置けば上手くいきますね。「圧力鍋」に「蒸気満つ」のは、当たり前といえば当たり前ですが、上五「六月の」という季語の選び方が巧い。「六月」の温度や湿度は、刻々と「蒸気」が満ちていく気分に対して、付かず離れずの距離感です。

十二年使わぬ湯沸器二月

季語：二月（春）

小泉岩魚

亀鳴くやパッキンゆるき流し台

季語：亀鳴く（春）

糖尿猫

以前はどこの家庭でも「湯沸器」が流し台の前に取り付けられていたものです。いつしかもっと便利で安価な設備ができ始め、かつて活躍していた「湯沸器」は台所の遺物として鎮座し続けているのです。「十二年」という年月がリアル。下五「二月」と「十二年」との、「二」のリフレインは言うまでもありません。「二月」は春の時候の季語です。

かたや「亀鳴く」も春の季語です。亀は実際には鳴きませんが、春の情緒を亀も鳴くかのように捉えた季語です。この面白い季語「亀鳴く」に取り合わせたのが「パッキン」です。蛇口を締めているのに水が落ちてくる「流し台」。そのささやかな水音を「亀鳴く」声かと、ユーモラスに表現しているのだと詠んでもいいですね。弛んでしまっている「パッキン」も句材になるのなら、台所にあるモノは何もかも「俳句のタネ」になるのです♪

発想ポイント5

食材にくっついている虫たちも季語

台所には、思わぬお客さんが紛れ込んでくることもあります。そう、野菜や果物にくっついている小さな虫たちです。

組板の柿より逃げし小さき蜘蛛　あるきしちはる

季語：柿（秋）／蜘蛛（夏）

「柿」は秋の季語、「蜘蛛」は夏の季語です。季節の違う季語が二つ入っていますが、巧く季重なりを成立させています。「柿」を描きつつ、秋という季節の「蜘蛛」を活写。観察眼の賜物です。

芋虫のシンクの端に来て戻る　小泉岩魚

季語：芋虫（秋）

潰したりせずに観察してみることは、さらなる「俳句のタネ」を求める積極的態度です。あら？

と秋の季語「芋虫」を発見したら、しばらくは歩かせてみる。黙々と歩いて「シンクの端」まで来たら、黙々と戻っていく。「シンクの端に来て戻る」は、見事な一物仕立て。淡々たる写生の一句です。俳人としては天晴れな態度ですが、これをずっとやっていたら、いつまで経っても夕飯の支度が整わないことは言うまでもありません。

コラム
才能あり!への道

食材を素材として学ぶ「比喩」の技法

「一物仕立て」の句を作ろうとすると、どうしても単調になり、いくら作っても似たような発想・句になってしまいがちです。そんな時に「擬人化」「見立て」「比喩」の技法を使って、オリジナリティを確保することも一手です。

「擬人化」　人間に喩える

夫を待つ包丁咥へし南瓜かな　　さるぼぼ

季語：南瓜（秋）

「南瓜」を切ろうとしたけど、あまりの硬さにこれ以上「包丁」が入っていかない。ヤケになって、俎板にガンガン打ち付けてみたら、ますます深く入ってしまって、抜くこともできなくなった。「夫を待つ」は作者のことであり、「包丁咥へし南瓜」のことでもあるのですね。

人間でないものを人間に喩えることで、ユーモアや皮肉、悲哀などが表現できます。

「見立て」　似たところを探す

そら色の羽毟らるる春キャベツ　　めいおう星

季語：春キャベツ（春）

「春キャベツ」を剥いていると、何かに似ていると思う。まるで「羽」を毟《むし》っているみたいだ、との「見立て」です。「そら色の羽」は「春」らしさの誇張表現と受け止めました。柔らかくて美味しそうな、でも柔らかすぎるのが無残にも思える「春キャベツ」です。

「比喩」コツは、A=Bの落差

季語：冬檸檬（冬）

冬檸檬ごつごつ手榴弾かもしれぬ

小野更紗

「檸檬《れもん》」は秋の季語ですが、収穫せずに放っておいて大きくなった檸檬を「冬檸檬」と表現。「ごつごつ」とした手触りを「手榴弾」と比喩しています。檸檬らしくない大きさと硬さからの発想でしょう。「〜かもしれぬ」という含みが、比喩にリアリティを添えます。比喩のコツは、A=Bの落差です。「AはBなんですよ」「冬檸檬は手榴弾なんですよ」と提示された途端、なるほど！　そうかもしれませんと納得させられる。それが比喩の力なのです。

A=Bが相似（似ている）ならば「見立て」。A=Bの落差が大きいと「比喩」になります。

この技法は、目的は「一物仕立てとして季語を表現すること」ですが、手法として「取り合わせの考え方」を含んでいます。季語とは関係のない言葉「手榴弾」を使って「冬檸檬」を表現している、ということです。

五感で俳句を作ろう！

ポイントは「舌」＝味覚

「台所」は、まさに食材という名の季語が集まるところ。季語そのものを手に取り、香りを確かめ、舌で味わえる、季語との最高の出会いの場です。

やってみよう！

① 食材はほとんどが季語

梅の実のたわわに散らかる台所　ざうこ

季語：梅の実（夏）

キッチンに筍鎮座したまんま　鞠月けい

季語：筍（夏）

まだ調理する前の食材は、ほとんどが季語だといってよいでしょう。

まずは、**台所にある食材を、以下の分類で、合計十個書いてみましょう。**

野菜・果物（　　　）

魚介類（　　　）

やってみよう！

2 季語の季節を確認しよう

1でリストアップした食材が、季語になっているのか、いないのか。季節はいつなのか、『歳時記』を開いて調べてみましょう。

見つけた食材		季節	見つけた食材		季節
例（西瓜）	＝	（秋）	（苺）	＝	（　）
（　）	＝	（　）	（　）	＝	（　）
（　）	＝	（　）	（　）	＝	（　）
（　）	＝	（　）	（　）	＝	（　）
（　）	＝	（　）	（　）	＝	（　）
（　）	＝	（　）	（　）	＝	（　）

思いがけないものが思いがけない季節だったりしますね。その最たるものが、夏の定番だと思われている「西瓜」が秋の季語であること。俳句を始めたばかりの皆さんは、一様に驚きます。では、「苺」はいつの季節か知っていますか。これも『歳時記』を調べてみましょう。一つ一つ自分の手で調べることで、季語の知識が増えていくのです。

1 リビング
2 台所
3 寝室
4 玄関
5 風呂
6 トイレ

やってみよう！

③「一物仕立て」は観察

藁抜きてがらんどうたる目刺かな

季語：目刺（春）

中山月波

「目刺《めざし》」は春の季語です。イワシ等を塩水に漬け、竹串で数匹ずつ目を刺し連ね、日に干したものを指します。干すために通していた「藁《わら》」を引き抜いてみるとそこには「がらんどう」があある。「がらんどうたる」の「たる」は断定の意味。まさに「目刺」とはこういうものである、との断定です。

この句は、「一物《いちぶつ》仕立て」という技です。「一物」とは、季語を指します。季語のことだけで十七音を構成します。

この句には「目刺」以外に「藁」というモノが存在しますが、これは「目刺」という季語にとって一種の付属物のようなモノですね。基本的には「目刺」のことのみで十七音が成立していると判断できます。

しなやかにもつれさせたる水菜かな

季語：水菜（春）

小野更紗

「水菜」は、京菜ともいいます。春の季語です。かつては漬物や辛子和えにしていましたが、今はそのままサラダにすることも多いですね。ギザギザの葉が涼やかな印象ですが、その水菜を洗っている様子を「しなやかにもつれさせたる」と表現しました。この「たる」は完了の意味です。もつれさせてしまった、というニュアンスになります。

上五中七の表現がいかにも「水菜」らしい描写ですね。野菜を洗っている時も、「俳句のタネ」を探して観察しているから、「水菜」のこんな表情をとらえることができるのです。

この句も「一物仕立て」です。「もつれさせたる」という言葉の背後に、水菜を洗っている人物の存在がありますが、それもまた一種の付属物。「水菜」そのものを表現するための動作であると、判断できます。

台所で見つけた季語を使って「一物仕立て」に挑戦してみましょう。

1. **台所で見つけた季語の中から三音のものを一つ選んで、下五に入れましょう。**

（上五）

（中七）

かな

2. **その季語をまずは観察してみましょう。目で見る、鼻で嗅いでみる、手で触ってみる、叩いて振って音を確かめる等、さまざまな方法で観察できます。**

3. **観察して見つけたことを、上五中七に書いてみましょう。**

かな

4. **出来上がった俳句を、五七五の間を空けないで一行で清書しましょう。**

やってみよう！

④「舌」で観察してみよう

観察の方法には、目で見る、鼻で嗅ぐ、手で触る、耳で聞く等がありますが、「台所」でやってみたいのは、舌で観察する「味覚」です。

まずは、**自分の歯や舌に意識を集中する練習をしてみましょう。**

歯に潰れしが蛍烏賊の眼であるか　夏井いつき

季語：蛍烏賊（春）

舌に溶くる白子も真子も朧にて　夏井いつき

季語：朧（春）

今、「歯に潰れ」たこの感触が「蛍烏賊《ほたるいか》」の「眼」の部分だったんだろうか、という一句です。字余りの韻律を選んだのは、恐るおそる自分の歯に潰れたモノの感触を確かめ直している感じを表現したかったからです。

もう一句の「白子《しらこ》」は魚の精巣、「真子《まこ》」は卵巣です。柔らかく煮られた「白子」と「真子」の舌触りを味わい分けていますが、その感触はまことに今夜の美しい「朧《おぼろ》」のように美味でありますよ、という句意となります。この句は、上五を字余りにしています。これもゆっくりと舌で味わう感触を表現しようと意図しました。

1. **食べることも、味覚を鍛えるための俳句修行です。まずは季語を食べてみましょう。**

2. **食べた感触を上五に書きます。（　）には、「に」「が」「の」「を」「は」等の助詞を一音入れましょう。その下に「潰れる」「溶ける」等の動詞を入れて、上五を作ります。多少の字余りは気にせずに書いてみましょう。**

歯（　）　（中七）　（下五）

舌（　）　（中七）　（下五）

3. **中七下五のどこかに食べた季語を入れて、残りの十二音を作ってみましょう。**

歯（　）

舌（　）

4. 気に入った方の一句を、清書しましょう。

やってみよう！

⑤「味」を表現してみよう

「味」を大きく二つに分けると、「美味しい」と「不味い」に分かれます。さらに、「美味しい」は細分化されます。どんなふうに美味しいのか、不味いのか、味を表す言葉を探してみます。美味しいものを食べた時、不味いものを食べた時の味覚を、再生し、言葉で表現してみましょう。

味
- 美味しい
  （　　）（　　）（　　）（　　）
  （　　）（　　）（　　）（　　）
- 不味い
  （　　）（　　）（　　）（　　）
  （　　）（　　）（　　）（　　）

※一言アドバイス　なかなか言葉が見つけられない人は、グルメ番組のレポーターの言葉をメモしていきましょう。類語辞典を持っている人は、そこから探してもいいですね。

「一物仕立て」にしてみたい「台所にある季語」

【春】

蜆《しじみ》

黒褐色の小粒の貝です。蜆は肝臓を労わり疲労回復の助けになるといわれます。どんな器に入れられた、どんな色の蜆でしょうか？

例句
すり鉢に薄紫の蜆かな　正岡子規

嫁菜飯《よめなめし》

春の摘み草「嫁菜」の若芽を茹でて細かく切り、薄塩で炊いたご飯にまぜて作ります。どんな香りがするでしょう？　鮮やかな色はどんなふうに見えますか？

例句
炊きあげてうすきみどりや嫁菜飯　杉田久女

その他には、蕗《ふき》の薹《とう》・桜餅・蓬餅《よもぎもち》・白子干し・花菜漬《はななづけ》などもあります。

【夏】

梅干

梅の果実を塩漬けした後に日干しにしたものです。一般的には、梅酢の中に紫蘇の葉をもんで漬け込んで赤く着色されたものが好まれ、おにぎりや弁当に使われて、日本人にはなじみがありますね。梅干の容器に注目した句もあります。

例句
梅干を封ぜし壺のなぜ肩よ　橋本多佳子

心太《ところてん》

海藻の天草から作られ、底が金網になった心太突きで突いて、辛子酢醤油や黒蜜で食べます。突かれて出てくる様子や、器の中にある姿で一句。

例句
ところてん煙の如く沈み居り　日野草城

その他には、さくらんぼ・冷奴・ちらし寿司・夏料理・初茄子・初鰹などもあります。

季語コラム

【秋】

新米

今年収穫されたお米です。新しい米の匂いは、何の匂いでしょう？

例句
新米にまだ草の実の匂ひかな
与謝蕪村

松茸

土瓶蒸し、松茸ご飯、てんぷら、焼松茸、何にして食べようかと迷いますね。

例句
取敢へず松茸飯を炊くとせん
高浜虚子

その他には、西瓜《すいか》・新豆腐・衣被《きぬかつぎ》・濁り酒・林檎・熟《じゅく》柿《し》などもあります。

【冬】

寒卵《かんたまご》

冬の寒さ厳しい「寒中」の卵は、保存もきき滋養に富むといわれます。手に取って一句、ご飯に割り落として一句。食べて一句も、お忘れなく。

例句
手にとればほのとぬくしや寒玉子
高浜虚子

冬菜

冬に青々と育つ菜っ葉のこと。種類は何でもよいのです。大きく束ねた冬菜を包丁でざっくりと切る時の感触は、いかにも美味しそう。

例句
庖丁を冬菜弾かんばかりなり
鈴鹿野風呂

その他には、寄鍋・白菜・風呂吹き・寒《かん》の水《みず》・寒の餅・冬苺などもあります。

「台所」秀作

ブログ「夏井いつきの100年俳句日記」にて募集した俳句の中から、秀句・佳作を紹介します。

鷹鳩と化す鍋底の気泡かな　みけ
キッチンに筍鎮座したまんま　鞠月けい
カップ麺春夕焼けにケトル鳴り　月夜同舟
菜箸の五秒の勝負朝桜　安
母さんの留守の冷たい勝手口　そうま
塩むすび頂揃え山笑ふ　星もりりん
春寒や魚を捌く左利き　正丸
クリスマス絵柄のふきん掛ける朝　衷子
皮肉かと捨て置き茹でる法蓮草　百合乃
雪女厨に忍び込んだ跡　葉月けゐ
夫を待つ包丁啌へし南瓜かな　さるぼぼ
大寒やコンロの火の輪立ち揃ひ　さるぼぼ
しなやかにもつれさせたる水菜かな　小野更紗
冬檸檬ごつごつ手榴弾かもしれぬ　小野更紗
芋虫のシンクの端に来て戻る　小泉岩魚
十二年使わぬ湯沸器二月　小泉岩魚
冷蔵庫も我も空っぽ皆戻る　析の音
帰省子や激辛カレー大鍋に　析の音
俎板の柿より逃げし小さき蜘蛛　あるきしちはる
春愁を明るき色のスープにす　あるきしちはる
啓蟄のろくなものなき冷蔵庫　かをり
冷蔵庫に貼る父の日の似顔絵　かをり

青虫を潰して青菜臭き指　せり坊
明易や焦げしカレーを掻き回す　せり坊
キッチンのじゃがいもの芽の痛さうな　ときこ
酢の物のホタルブクロの麗しく　ときこ
ステンレスはこぼれた塩を映し秋　剣持すな恵
中華鍋あおる満月の憂鬱　剣持すな恵
すこし憂鬱サラダボウルに映す春　めいおう星
そら色の羽毟らるる春キャベツ　めいおう星
「ただいま」の声豆飯の炊き上がる　ゆ
子と作る玉子サンドや春休み　ゆ
干物焦がして大一番を見逃して　亜桜みかり
捨てられぬ弁当箱や暮の春　亜桜みかり
二拍子で炒めるもやし受験の子　ぷりむらかりの
ぼたん雪ガスの火ぼっと並びたり　ぷりむらかりの
ものを言ふレンジ相手に年暮るる　喜多輝女
あつたはずなのに出て来ぬ胡瓜かな　喜多輝女
まだ葱の香の濡れている和包丁　トポル
初夏やびかびかびかに釜磨く　トポル

秋の灯やおしょうゆ染みたおとしぶた　月の道
茶碗の音冴ゆるタイルの流しかな　月の道
キッチンで愛しあひたる菜種梅雨　香野さとみ
聖五月キッチンで書く手紙かな　香野さとみ
研ぎ汁の沫にのこりし秋の声　佐東亜阿介
フライパンのどかな卵溶く朝　佐東亜阿介
新米をとぎすきとほるたなごころ　どかてい
冷蔵庫から取る猫の薬かな　どかてい
火に坐る薬缶寒九のカップ麺　耳目
肉ジャガへちちんぷいぷい目借時　酒井おかわり
皿割れて合わせてはみる朧月　城内幸江
薬抜きてがらんどうたる目刺かな　中山月波
亀鳴くやパッキンゆるき流し台　糖尿猫
虎落笛シンクばこんと午前二時　凡鑚
冷蔵庫杏子煮明るく冷えており　うしうし
寒月夜シンク磨いて出奔す　カリメロ
好きなだけ泣こう玉葱切りながら　カリン
蟹茹でるだけの大鍋出しにけり　あまぶー
キッチンに弁当四つ夏近し　なないろ
いかなごのくぎ煮の香染む鍋洗う　はまのはの
花菜茹で枕草子たどたどし　ヒカリゴケ
割れば黄身二つや春の芳しき　ふづき

六月の圧力鍋の蒸気満つ　ほしの有紀
ひぐらしや温めなおす両手鍋　まゆ熊
台所より来る夜明けも寒明けも　みやこまる
片栗粉を混ぜて手応え春来る　一斤染乃
台所はもう国境を超えてゐる　永井潤一郎
お覚悟を名の有る西瓜正対す　霞山旅
妹や母の粥炊く春の色　菊池洋勝
まな板を削り直して春刻む　江口小春
姑の厨に立てる溽暑かな　江津
けふのこと話して大根炊きあがる　佐藤直哉
つばくらめくるりと包むオムライス　Hoh
早春のひらがなになるだいどころ　julia
漢一人ひね鶏打つや寒の厨　ぐずみ
夕風とぷとぷ新居に刻む芹　このはる紗耶
鮭さばく出刃も小さくなりにけり　こま
梅の実のたわわに散らかる台所　ざうこ
しゃりしゃりと包丁を研ぐ良夜かな　ささのはのささ
小菊生け一番茶はののさまへ　さとう菓子
卵焼く背中暖か子が眠る　じゃすみん
子が作る弁当待つや春休み　ジュミー
ざんざんと菜を洗ひおり喧嘩あと　ちゃうりん
負うた子の酸っぱき寝息杏子炊く　てん点

鰤起しフキン十枚漂白す　実峰
ミモザの日朱き鉄板ナポリタン　小倉じゅんまき
蛇口全開聴こえぬふりに剥くレタス　小田寺登女
食卓は母の文机浅蜊哭く　松尾千波矢
離婚届秋刀魚焼く間に書き込んで　蒼馬かりん
資源ゴミへ馬鈴薯の芽と初恋と　土井探花
春愁の重さ加わる炒り卵　奈津
葬礼の厨を遁る守宮かな　内藤羊皐
鮭の身になじむ雨夜の塩麹　比々き
そうめんの一筋逃げる排水溝　誉茂子
蛇口捻れば春となる台所　理酔
安吾忌の汁に生首めく貝よ　抹茶金魚
韮炒めさしすせそのしが無い　椋本望生
初雀こよこよ米をとぐところ　立川六珈
寒月や茶わん一つの洗い桶　竜胆
若葉風入れて小出刃の研ぎ上がる　堀口房水
春愁やシンクに映る己が影　鈴木麗門

佳作

厨窓現れいでし守宮かな　松永のばあば
遅桜レシピ見返し鍋混ぜる　椿五日
ひとり夜や蕎麦掻く箸の押し問答　楠えり子

この出汁が妻の拘り年忘れ　しげる
真夜中に茶碗洗ふや二月尽　かなた
ナス天と相撲肴に父かの日　満る
勝手口上り框に蕗の薹　古川阿津子
薄暮に父の背イワシのうろこ跳び　恵々
年つまる黄ばんだレシピと老眼鏡　岡本海月
春場所や火加減そぞろなるゆうげ　加果生
母ちゃんと餃子包むのウフフフ　夏希
春サラダ桜を散らして私流　桜木レイ
サクラサク便りに酒の台所　三面相
黒豆優しく炊けて満足顔　若布
台所で水を切る音夏の麺　人見直樹の後輩S1
母さんの子で良かったとむかご飯　湧水
キャラ弁のそらまめ笑う空の下　マオ
じゃがいもの芽のぱすてる色ぞ流し下　ふっこ
初挑戦母のレシピの恵方巻　yoriko-pes
竹の子煮歓迎する如きバナナ　さつきー
春目覚め後ろ姿に見惚れてた　人見直樹の後輩S2
風呂吹や仏壇は無いが父へひとつ　まるる
定年の春より籠る厨かな　台所のキフジン
冷蔵庫に叱られている午後三時　桜姫5
酒粕を赤子のように撫でさする　陽子

3

寝室

ホッと安らぐ心地よい寝室は、日々の疲れた心身を癒してくれる空間。ベッドで休む以外にも、本を読んだり、テレビを見たり、音楽を聴いたりと過ごし方はさまざまです。ぐっすり眠れる日も、そうでない日も、目を閉じていても、俳句は作れるのです。肌触りや指先の感覚、人のぬくもりや冷えなどを十七音で表してみましょう。

秀句から学ぶ「俳句のタネ」探し

皆さんから寄せられた作品の中から、秀句を取り上げ、おうちで俳句を作る時の「俳句のタネ」の探し方について解説していきます。

発想ポイント1

寝る前に読む本も「俳句のタネ」

一日の仕事が終わって布団に入り、枕元の灯りをつけて読みかけの本を開く。ほっとする瞬間です。開いたと思うとすぐ、ばさっと本が顔の上に落ちてきたり、続きが面白くて眠れなくなったり、そんな自分の姿や、本の題名や、表紙の色やデザインは、なかなかよい句材になります。

季語：春の夜（春）

春の夜の「おやゆび姫」をせがまれて　誉茂子

お昼寝をして元気いっぱい、目をぱっちりと輝かせ、読んで読んでと次から次へ絵本をせがむ子どもの顔。つい、うとうとしてしまいそうになる親の表情。柔らかな色合いの絵本『おやゆび姫』の頁が、桃色にふんわり灯る春の灯に包まれ見えてきます。本の題名をうまく使い、楽しく安らかな「春の夜」を表現しました。

季語：毛布（冬）

毛布かけトリケラトプスの冒険談

あるきしちはる

トリケラトプスは、体長が約九メートル、四足歩行の恐竜です。三本の角と、後頭部にある女王の襟飾りのような大きなフリルが特徴です。その恐竜が主人公になった絵本か、恐竜図鑑を読んでいる兄弟かもしれません。兄は毛布をかぶって手を広げ、トリケラトプスになっているのでしょうか。弟はちょっと怖くて毛布をかぶって目だけ出しているのかもしれません。「毛布」は冬の季語。「毛布かけ」とたった五音で、こんないきいきとした場面が見えてきます。

発想ポイント2

隣で寝ている人を写生

隣で寝ている人とは、ご夫婦の場合もあれば、赤ちゃん、介護をしている親御さんなどの場合もあるかもしれません。添い寝は楽しみでもありつつ、やれやれと思うことも。

連れ添うて毛布引っ張り合うて寝る　かま猫

季語：毛布（冬）

長年連れ添ったご夫婦。夫が毛布を引っ張れば、妻がすぐに引っ張り返す。行ったり来たりする「毛布」に自然と視線が集中します。毛布は冬の季語。引っ張った方は暖かいけれど、引っ張られた方は寒い。新婚夫婦だったらこうはならない。引っ張りっこなどせず、仲良く一つの毛布にくるまることでしょう。第三者の視線となり、ユーモアたっぷりに自分たち夫婦を写生しました。

いいんだ…
ボクは
ひっぱって
もらいたい
タイプだから…

白妙の蚊帳へいびきの夫を捨つ

久遠

季語：蚊帳（夏）

真っ白な蚊帳《かや》からするりと抜け出て振り返ると、中には大の字にいびきをかく夫の寝姿。「白妙の」と格調高い枕詞を、季語「蚊帳」の前におき、優雅な雰囲気を盛り上げておいて、「いびきの夫を捨つ」とは笑えます。蚊帳に置き去りにする夫を、愛をもって皮肉っているんですね。

徹夜せし夫に布団を明け渡す

小野更紗

季語：布団（冬）

徹夜した夫にぬくぬくの布団を明け渡し、妻は早朝から仕事に行くわけです。布団を出たら、部屋が寒いのです。「明け渡す」に妻の万感の思いがこもります。これも長年連れ添った夫婦の姿でしょう。新婚夫婦なら「徹夜せし夫に布団を温めをく」なんて甘ったるい句になったりしますから。

発想ポイント3

夢も「俳句のタネ」

夢の俳句は奇想天外で面白いものになりますが、全く覚えていないこともあります。枕元にメモ帳を置いて寝て、夢を見て起きたらすぐ書いて、朝になって見ると、わけのわからないぐちゃぐちゃの字で一杯のこともしばしば。

ヒーローは苦戦や夢の子へ毛布　一斤染乃

季語：毛布（冬）

夢の中でウルトラマンみたいなヒーローになって、シュワッチ！　とポーズをしたり、布団を蹴り飛ばしたり、怪獣をやっつけている子どもと、毛布をかけてあげるお母さんが想像できます。

どんな夢見てることやら…
ドタ
バタ
ドカッ

あのね悪の組織のボスボコボコにする夢見たよ！
おはよーママ！
よかったわね

季語：瓜（夏）

瓜盗む夢のつづきをみてゐたり

ウロ

こちらは、自分の見た夢の内容を一句にしています。瓜は貴重な夏の果物でした。闇に紛れて瓜を盗む人がいるので、「瓜小屋」に「瓜番」がいたそうです。そんな時代に夢でタイムワープして、瓜を盗んでいる作者！　瓜番に見つかったら棒で叩かれたりするのかもしれません。続きを見て嬉しい夢でしょうか、それとも悪夢でしょうか。

発想ポイント4

眠れぬ夜もまた「タネ」

疲れすぎて眠れないという夜。連休に家族サービスし、ほどよく疲れているはずがやっぱり眠れないなんて夜。そんな夜に俳句はうってつけです。

季語：秋思（秋）

ウヰスキーとくん秋思のベツドラムプ

トポル

1 リビング
2 台所
3 寝室
4 玄関
5 風呂
6 トイレ

眠れない夜はナイトキャップ（寝酒）を嗜みます、という人も。静かな静かな秋の夜。ウイスキーを注ぐ音が、「とくん」と寝室に響きます。枕元の小さなランプも琥珀色。眠れぬままさまざまなことを思い出したり、将来を思い悩んだり。秋の深い物思いを表す「秋思《しゅうし》」はどこか大人っぽい季語でもあります。

発想ポイント5

気持ちよい目覚めと気分で一句

気持ちよくぐっすり眠れたら、目覚めの瞬間は素晴らしい気分になりますね。ぜひそれを元気な一句にしてみましょう。

季語：秋の朝（秋）

よく食べてよく寝て秋の朝が好き

永井潤一郎

よく食べてよく寝て、それだけで幸福な気分が伝わります。「秋の朝」は暑くも寒くもなく、爽やかに空気も澄んでいます。「馬肥ゆる」なんて季語もありますが、「秋の朝」と聞くだけで、食欲がわいてきそうです。

季語：春待つ（冬）

春待てり「新しい朝が来た」のに後5分

だんご虫

「春待つ」は冬の季語。「新しい朝が来た」とは、ラジオ体操の歌が聞こえてきたという風景です。あと五分寝ていたい。でもやっぱり起きようかな、という気分も。真冬の布団恋しさとはちょっと違う気分です。それが、「春待てり」という季語の明るい力です。

コラム
才能あり!への道

「絶滅寸前季語」に挑戦!

私は数年前に『絶滅寸前季語辞典』(ちくま文庫)という本を出しました。「死季語」になる寸前の季語たちを救ってあげてください! あなたがそれで名句を詠めば、絶滅寸前季語は再び『歳時記』に返り咲くことができるのです!

季語:竹婦人(夏)

竹婦人昼間は寝間に立たされて

葦たかし

「竹婦人《ちくふじん》」は夏の季語。竹で編まれた筒状の抱き枕。実際に使っている人を最近は見たことがありませんが、子どもの頃は家にあったように記憶しています。冷房が無かった昔は、暑苦しい枕を竹製や陶製の物に替えて涼をとり、寝苦しい夏の夜を乗り切ったのですね。夜は抱いて寝た竹婦人を、昼間は寝間の片隅に立てて置く。「立たされて」と擬人化して、ユーモラスな空想が湧いてきます。

とほきよりこゑきこえきて宝船

季語：宝船（新年）

立川六珈

「宝船」も絶滅寸前ではないでしょうか。昔は、元旦や二日の夜いい初夢を見るため、七福神や宝を満載した「宝船」の絵を枕の下に敷きました。この句は、おめでたい宝船が遠くから近づいて来て、七福神のめでたい声が聞こえた。だが目が覚めると、それはただの家族の話し声だった、なんていう句かもしれません。

絶滅寸前季語は、日本人が培ってきた文化がパッキングされています。言葉がなくなると、その文化の存在もいつか忘れられてしまいます。絶滅寸前季語に挑むことは、そんな文化を語り伝えていく活動でもあるのです。

五感で俳句を作ろう!

ポイントは「皮膚」=触覚

「寝室」はより良い眠りを追求する場所。布団、シーツ、毛布、枕、パジャマなどの肌触りに焦点を当てて、触覚というアンテナの使い方について解説します。

やってみよう!

1 寝具の素材を知る

まずは寝間、寝室で、自分の布団に寝てみましょう。勿論、句帳と筆記用具を携えてですよ。俳句を作るために寝るって、ちょっと新鮮ですね。

次のモノがどんな素材でできているか、確かめてください。

例 布団 (羽毛)

シーツ (　　)

毛布 (　　)

タオルケット (　　)

枕 (　　)

パジャマ・寝間着 (　　)

やってみよう！

② 素材の感触を言葉にしよう

次にそれらの感触を言葉にしてみましょう。どんな書き方をしてもいいです。**その素材が他の素材と違う点は何か。**そこがポイントです。

例　布団（ふかふか、柔らかい）

シーツ（　　）

毛布（　　）

タオルケット（　　）

枕（　　）

パジャマ・寝間着（　　）

※一言アドバイス　寝具等は季節ごとに素材が変わります。別の季節の寝具の感触も試してみましょう。

やってみよう！

③ お気に入りの寝具・気に入らない寝具

気に入らぬ枕は七個熱帯夜

季語：熱帯夜（夏）

雪花

「旅に出て枕が変わると寝られない」なんて言いますが、自宅でもお気に入りの枕が決まるまでは、人それぞれ紆余曲折あって、やっとお気に入りを見つけるのではないでしょうか。

「気に入らぬ枕」がなんと「七個」もあるという一句。この数詞にリアリティがありますね。あれこれ買ってみては試して、気がつけば使わない枕が「七個」もあるという事実に、申し訳ないけどクスッと笑ってしまいます。どの枕も気に入らなくて、眠れない「熱帯夜」を過ごしているのでしょうか。もしかすると、やっと見つかったお気に入りの枕でも眠れない「熱帯夜」かもしれません。

雪花さんの句を借りて、**四音の触覚表現に挑戦してみましょう。**

1. いつもは使っていない枕を一つ取り出してください。家族の誰かの枕を借りてもよいです。自分が使っている枕と何が違うのか、気に入らない理由を二つ、四音で書いてみましょう。

気に入らぬ枕（　　）

（季語）

気に入らぬ枕（　　）

（季語）

2. 下五に、その「気に入らぬ」気分に似合った季語を選んで、俳句を完成させましょう。

気に入らぬ枕（　　）

3. 一番気に入った句を清書しましょう。

①リビング
②台所
③寝室
④玄関
⑤風呂
⑥トイレ

やってみよう！

④オノマトペで表現するリアリティ

日晒しのシーツごわりと夏は来ぬ　月の道

季語：夏来る（夏）

しゃりしゃりのシーツに沈む熱帯夜　かつたろー。

季語：熱帯夜（夏）

触覚を表現する時に、「オノマトペ」も有効です。「オノマトペ」とは擬態語・擬音語です。「日晒しのシーツ」の「ごわり」はまさに手触りを表現したオノマトペ。「夏」の強い日に晒されたシーツの手触りです。

かたや「しゃりしゃり」もシーツですが、こちらは少しひんやり感があります。「しゃりしゃりのシーツに沈む」は、しばしの心地良さの表現。しかし、すぐに己の体温と室内の気温が「しゃりしゃり」感を消してしまうに違いない「熱帯夜」です。

かつたろー。さんの句をお借りして**オノマトペ表現を練習してみましょう。**

1. 上五に「オノマトペ」を、中七の後半に「助詞＋動詞」を入れてみましょう。

（しゃりしゃりの）シーツ（に沈む）　熱帯夜

オノマトペ　助詞＋動詞

（　　）シーツ（　　）　（季語）

2. 下五に、1の気分に似合った季語を選んで、俳句を完成させましょう。

（　　）シーツ（　　）

※一言アドバイス　今、あなたが使っている「シーツ」をもう一度触ってみましょう。その感触が、五十音の何行の気分なのか、考えてみましょう。

3. 出来上がった句を清書してみましょう。

やってみよう！

5 比喩で表現するオリジナリティ

季語：冬の夜（冬）

冬の夜はミルフィーユめく夜具に入る

高尾彩

「冬の夜」は幾つもの「夜具《やぐ》」を重ねます。その様子がまるで「ミルフィーユ」みたいだという一句。「ミルフィーユ」は幾層にもパイ生地を重ねたお菓子です。なるほど、言われてみるとその通り。自分が「ミルフィーユ」の中のクリームになったような気分になる、楽しい一句です。

高尾彩さんの句をお借りして、**他の季節の「夜具」が何に似ているか、考えてみましょう。**

1.「春の夜は」「夏の夜は」「秋の夜は」に続けて、何めいた「夜具」であるか五音でたとえてみましょう。

春の夜は（　　　　）めく夜具に入る

夏の夜は（　　　　　　　　　　）めく夜具に入る

秋の夜は（　　　　　　　　　　）めく夜具に入る

※一言アドバイス

比喩のコツはA＝Bの落差です。56ページ【コラム　才能あり！への道　食材を素材として学ぶ「比喩」の技法】の解説をもう一度読んでみましょう。

2.　一番気に入った句を清書してみましょう。

寝室にある季語

寝室で一句詠むための季語（寝室にある季語、寝室から見える季語、寝室で聞こえる季語など）を取り上げます。

【春】

春は、窓から見える「朧月《おぼろづき》」で一句。水蒸気のベールがかかったような春の月が朧月。艶っぽい句にぴったりですね。「春の闇」にいつまでも鳴いている交尾期の猫だって、「恋の猫」という季語なんです。一句詠めば、たたうるさいだけじゃなくなりますよ。「囀《さえずり》」で目覚める「春の朝」はすこやか。一句詠んで、いい一日にしましょう！

【夏】

夏は、寝室に「冷房」が入ります。「クーラー」も「扇風機」も季語。無ければ無いで寝苦しい気持ちを一句詠めますし、あれば涼しさの句が詠めますね！「陶枕《とうちん》」という陶器製の枕も季語ですが、実際に使っている人はほとんどいないでしょうね。「蚊取り線香」を焚く家庭も少なくなってきました。そんな季語を絶滅させないために、あなたも一句詠んでみませんか。

季語コラム

秋

秋は、澄んだ空に輝く「月」を詠みましょう。「窓から見た月」という特殊な環境が逆に新しい可能性になります。窓を額縁に見立ててもよし。外から聞こえる「虫の声」で一句。寝室で孤独に聞く「虫の声」、二人しんみりと聞く「虫の声」など、誰と聞くかで全く違った句になりそう。静けさの中でジーと聞こえてくる声は「蚯蚓《みみず》鳴く」という季語。窓に光ったら怖い「稲光《いなびかり》」や、「台風」の夜の不安な気持ちも、かっこうの俳句のタネです。

冬

冬は、暖かい夜着や寝具がそのまま季語ですから、「布団」や「毛布」や「どてら」で一句詠めます。寝室でもなお寒さに「白息《しらいき》」になる時もありますし、「毛糸の帽子」や「マフラー」をつけて寝る人もいるかもしれません。そんな姿もユーモラスな句材です。寒さに足先が「悴《かじか》む」のも、夜つらい「咳」も冬の季語。

最近は、おだやかな保温器として「湯たんぽ」が見直されています。「湯婆」と書いて「たんぽ」と読みます。「湯たんぽ」を全て漢字で書くと「湯湯婆」。字面の楽しい季語です。

ブログ「夏井いつきの100年俳句日記」にて募集した俳句の中から、秀句・佳作を紹介します。

「寝室」秀作

ラベンダーふうわりかほる臥房かな　でらっくま

連れ添うて毛布引っ張り合うて寝る　かま猫

春待てり「新しい朝が来た」のに後5分　だんご虫

空腹の猫の重みの朝寝かな　ヒカリゴケ

六月の鬱鬱しき夜吸うた布　ヒカリゴケ

短夜の眼窩小さき湖となる　小野更紗

徹夜せし夫に布団を明け渡す　小野更紗

人日の寝言が鼻唄だなんて　剣持すな恵

月入れて龍の鱗に寝る心地　剣持すな恵

湯たんぽへ嫉妬は小さじ二杯いれ　酒井おかわり

十六夜やベッドは少しづつ熟れて　酒井おかわり

喪の夜のががんぼ跳ねる褥かな　内藤羊皐

弟と足を揃へし湯婆かな　内藤羊皐

清明の風の通りしあとの寝間　姫山りんご

寝間に届く花火の音を聞いてをり　姫山りんご

寝室へ春満月を迎へ入れ　立川六珈

とほきよりこゑきこえきて宝船　立川六珈

春の崖飛べばベッドのしたにゐる　ウロ

瓜盗む夢のつづきをみてゐたり　ウロ

除雪車の音遠くあり寝返りす　キラキラヒカル

吸い飲みの水の甘みや沈丁花　キラキラヒカル

白シーツぴしり立夏の四隅かな　トポル

ウヰスキーとくん秋思のベツドラムプ　トポル

星飛ぶやメリーぽろんと鳴り終はり　めいおう星

短夜の夢に海溝ありにけり　めいおう星

ヒーローは苦戦や夢の子へ毛布　一斤染乃

眠るまで絵本は足らず虫の声　一斤染乃

よく食べてよく寝て秋の朝が好き　永井潤一郎

人類の寝室にいま窓が無い　永井潤一郎

薔薇の香に満ち寝室は棺なり　花屋

とうたらり眠りの油寝間の底　花屋

風邪や耳秒針の音のみ拾ふ　安達

天窓の月新品のシーツかな　安達

布団敷く部屋で飯食ふ一人暮らし　亀田荒太

白妙の蚊帳へいびきの夫を捨つ　久遠

真夜中のマスク天井は低く　あまいアン

冬ざれや父の寝息を確認す　あまぶー

毛布かけトリケラトプスの冒険談　あるきしちはる

夏掛に囚われ夜を右左　うしうし

人形と吾子すり替わる春の夜　カリメロ

夜泣きする吾子に乳房の明早し　さとう菓子

電灯の長き紐引く帰省の夜　さるぼぼ

青白き梔子匂ひ搾乳す　せり坊

籠枕寄り添うチワワ舐める舐める　ちびつぶぶどう

しゃりしゃりのシーツに沈む熱帯夜　かつたろー。

ぞぞぞと震ふ春暁のケータイ　亜桜みかり

竹婦人昼間は寝間に立たされて　葦たかし

体位換ふ看護婦の手の冷たさよ　菊池洋勝

日向ぼこ布団もわれもふくらみて　吉野ふく

灯り消す前の寝顔や青葉木菟　久我恒子

地底湖に沈まる我の寝屋に雪　桂奈

日晒しのシーツごわりと夏は来ぬ　月の道

冬の夜はミルフィーユめく夜具に入る　高尾彩

老猫の先に寝ている蒲団かな　彩楓

気に入らぬ枕は七個熱帯夜　雪花

やわらかきものに唇朧月　登美子

長き夜の寝間に家伝の春画かな　土井探花

駘蕩や枕の横のたれぱんだ　糖尿猫

ソーダ水寝室の昼凪いでおり　奈津

剥き出しの孤独毛布は日のにほひ　八幡風花

雪しんしん時の彼方のさくら紙　柝の音

おぼろ夜の頭蓋枕へどっぷりと　ときこ

春の夜の「おやゆび姫」をせがまれて　誉茂子

春はあけぼの髪の先より目覚めたる　ことまと

佳作

春の寝間くぼみ残して猫の去る　かおる

冬の夜や我を枕に犬くぅく　けせらそら

洗い立てシーツの匂い春の夢　kt

夢に落つ金魚の如く吾子の口　sol

春の夜を隣か上かこのバッハ　しかこ

友松の龍に睨まれ春眠す　りんりん。

秒針音響く寝室夜長なり　霞草

手術後の母と朝まで眠る冬　薫

月冴ゆるステージ4の寝息きく　菜種

昼寝の子黄泉の国から還りきて　裾野彰子

おひさまの香に包まれて眠る春　星博美

膝の下へろもへろもと夏布団　悠き白。

春陽吸い主の帰り待つふとん　柚子胡椒

眠る仔に毛布足す母秋の寒　春緩

流れくる寝所の伽羅も淑気かな　ぼたんのむら

眠りの底ぬけ落ちて寝る春蒲団　山崎点眼

眠れずに部屋広がりて冬に入る　晶

鏡台の瓶またひとつ春兆す　柊月子

寝室やそこは吾の冬銀河　野中泰風

4 玄関

家の出入口であり顔である玄関は、外へ出る度に通るエリア。限られたスペースに、靴や傘、スリッパなど、物が溢れてしまいがち。実用的かつ、客人を迎える玄関だからこそ、家族や暮らしの個性が現れます。
家の中で、一番外と繋がりのある玄関ならではの俳句作りにチャレンジしてみましょう。

秀句から学ぶ「俳句のタネ」探し

皆さんから寄せられた作品の中から、秀句を取り上げ、おうちで俳句を作る時の「俳句のタネ」の探し方について解説していきます。

発想ポイント1

靴を観察してみよう

靴は、いろいろなドラマを想像させる句材。例えば、テレビドラマの刑事の靴のようなくたびれた靴、シンデレラの靴のように華奢なハイヒール、赤ちゃんの初めての靴、お父さんの形見の靴などなど。靴のストーリーにぴたりとハマる季語を探してみましょう！

季語：雛菊（春）

雛菊と疲れたヒール斜塔めく

小倉じゅんまき

玄関に活けられた一輪挿しの雛菊がつんと傾いて、まるでピサの斜塔のよう。疲れて帰った人が玄関に座ってぐったりと脱いだハイヒールが、ことりと傾いて、これまた斜塔のように見えています。思いがけない物と物の取り合わせの面白さ。「雛菊」は春の季語。

玄関の白靴だけがしゃんとする

季語：白靴（夏）

ときこ

「白靴《しろぐつ》」は夏の季語。昔から夏になると、素材も見た目も涼し気な白い服や白い靴に履き替えて、蒸し暑さを乗り切りました。草花も人も暑さにだらけてしまう真夏に、玄関に揃えた白靴だけがしゃんとして見えます。

喪の靴の黴を拭うている静夜

季語：黴（夏）

うしうし

「黴《かび》」も身近で、興味深い季語です。黴を見つけたら、ぎゃっとのけぞりますが、よくよく観察すると面白い。お葬式用の黒い靴を下駄箱の奥から取り出して見ると、緑の黴が生えていた。長い間使わなかったから無理もありません。黴を拭きながら故人に思いを馳せる静かな夜の光景です。

三足の賀客の靴の揃ひけり　ひでやん

季語：賀客（新年）

季語は「賀客《がきゃく》」。お正月の玄関に年始の客の靴が三足きちんと揃えられている。この句はそれだけしか言っていません。読者は、「三人の賀客って誰？　父の会社の同僚？　息子の婚約者とご両親？」などと勝手に空想することができます。お客が誰かによって靴の種類も見えてきます。

発想ポイント2

玄関に置いてあるモノも「俳句のタネ」

玄関に何も置かず花瓶に花を飾ってあるだけの家もあれば、玄関一杯に道具や壺や動物の置物などをごちゃごちゃ置いている家もあるはず。物が無いなら無いで、あったらあったで一句です！

靴べらの冷ややかな朝故郷発つ

季語：冷ややか（秋）

カリン

秋になって感じる冷たさが秋の季語「冷ややか」。秋になると、玄関の三和土《たたき》や板の間にも冷たさを感じます。この句は、靴に差し入れた「靴べら」に冷ややかさを感じました。それは故郷を発つ日の朝でした。五感のうちの触覚をきちんと使っています。俳句をやっていなければ、靴べらの冷たさなんて、感じることもなかったでしょう。

秋湿立てかけてある松葉杖

季語：秋湿（秋）

パインあめ

季語「秋湿《あきじめり》」は、秋の長雨で辺りにあるものがみな冷え冷えと湿った感じになることです。玄関に立てかけてある松葉杖も湿って冷ややか、と感じたのですね。松葉杖のある玄関って意外によく見かけるような気もします。我が家にも一時期置いてありました。

下駄箱の上でよからう金魚鉢

季語：金魚鉢（夏）

椋本望生

「金魚鉢」は、夏の暑い盛りにすいすい泳ぐ美しい色の魚をガラス鉢に入れて、目と心で涼もうという日本人の知恵からくる季語です。金魚鉢は据える物、金魚玉は軒などに吊るす物。置き場所を考えながら金魚鉢を抱いて家の中をうろうろしているうちに、もう玄関の下駄箱の上でいいやと思ったのですね。いかにも共感のわく一句です。

発想ポイント3

玄関の内外にやってくる生き物も「タネ」

玄関にやってくるのは、人間だけではありません。家族やお客さんを詠み尽くしたら、今度は、生き物を見つけて一句詠んでみましょう！

客人の靴へ逃れしちちろかな

土井探花

季語：ちちろ（秋）

「ちちろ」とは、コオロギの別名です。季語にはいろいろな別名があります。コオロギだと四音ですが、「ちちろ」なら三音。『歳時記』の蟋蟀《こおろぎ》の頁を見れば、別の言い方も載っています。玄関でコオロギが鳴いているなと思って行くと、お客さんの靴の中へ逃げて飛び込んでしまった、という可愛い句です。

玄関へ蟷螂の腹太しふとし

ことまと

季語：蟷螂（秋）

蟷螂《とうろう》は、カマキリのこと。ふと見れば、玄関にカマキリが来ている。そのカマキリが立派な太い、太い腹をしている、というだけの句ですが、「玄関」という言葉が妙に効いていて、まるで太っ腹の社長さんか駅長さんが、玄関に訪ねて来たようなイメージがふと湧きます。カマキリ界の重鎮ですね。

季語：ががんぼ（夏）

ががんぼの居着く埃の明かり取り

抹茶金魚

「ががんぼ」も夏の季語。かとんぼ、とも言います。玄関の明り取りの窓枠の、白い埃の中に、よく見れば大きな蚊のようなががんぼが、長い足でふわりふわりと動いています。暗い片隅なら見えないほど細い身体です。偶然見つけたががんぼへの親しみを、「居着く」という言葉に感じます。埃の中というのもよく観察していますね。

発想ポイント4

ドアスコープから覗いてみよう

玄関吟行の極めつけはドアスコープ、覗き窓です。小さな穴から外を覗くと、向こう側に立っている人が大きく、ちょっと歪んで見えますね。現実とはちょっと違った風景の俳句が詠めそうです。

季語：永き日（春）

永き日のドアスコープに歪む空

春野いちご

玄関のチャイムが鳴ったかと、あるいはに誰か来たような気配がしてドアスコープを覗くとそこには誰もいない、ただ歪んだ青空が見えている、という句です。「永き日」は日が永くなったなあ、いつまでも昼が明るいなあ、という春の季語。ドアスコープの中の空に春を感じとった一句です。

発想ポイント5

玄関を開けて外と繋がってみよう

玄関を開けて外へ出てみましょう。何が見えますか？　そこから庭や通路や表の通りを見てみましょう。誰がいますか？　何が聞こえますか？　どんな香り？　どんな気持ち？

玄関を出て二歩三歩あゝ春だ

季語：春（春）

永井潤一郎

遠くまで散歩できなくても、玄関から二歩、三歩歩いたら、もう立派な吟行です！　久しぶりの陽ざしを浴びて、深呼吸してみたくなります。背伸びをしたら、ああ、と声が出てしまいますね。春だなあ、と呟きたくなります。思ったこと、そっくりそのまま一句にしたらこうなりました。

玄関を大きく開けて春祭

季語：春祭（春）

富山の露玉

今日は春祭ですよと、家族が言います。でも祭の雑踏に出かけて行くことはとてもできません。それなら玄関の戸を大きく開け放ち、わっしょい、わっしょいと、表を通り過ぎるお神輿の掛け声や子どもたちの歓声だけでも聞いてみましょう。玄関を大きく開けたら祭が向こうから飛び込んできそう、という元気に溢れた一句です。

コラム 才能あり!への道

五感や技法を総合的に使う

玄関を入った途端に感じる匂い、皮膚感も「俳句のタネ」です。今度は玄関の外側から内側へ入っての、一句です!

盛り場の匂ひのコート脱ぎにけり

季語:コート(冬)

吉川哲也

盛り場の匂いとは、お酒の匂いに煙草の匂い、焼き鳥やおでんの匂い、香水の匂いも混じっているかもしれません。盛り場に居る間は匂いの渦中にいたので気づきませんでしたが、我が家の静かな玄関を入ってコートを脱いだ途端、それらの匂いがやけに生々しく感じられました。

歓待のカサブランカに襲はるる

季語:カサブランカ(夏)

小野更紗

よそのお宅を訪問しています。玄関を開けた途端、百合の芳香がわっと迫ってきます。玄関先に飾られた大輪のカサブランカが白い顔を向けて歓待してくれます。素晴らしい香水をつけた大柄美女が三人も四人も両手を広げて出迎えてくれたみたいな迫力。それを「襲はる」と感じとったところに作者独特の表現が生まれました。

季語：朧夜（春）

朧夜を来て玄関の湖底めき

めいおう星

春の夜はものみなすべてが水蒸気に包まれ、ぼんやり柔らかに潤んで見えます。そんな朧夜を泳ぐように歩いて来て、玄関を開け、暗い明りの中に身を入れますと、そこが湖の底のように感じた、という句です。実際はご自分の家の玄関で詠んだのかもしれませんが、何だかそこがもっと秘密の場所のような、例えば古い謎の洋館とかに足を踏み入れたのかしら？というミステリーを感じさせる不思議な句になりました。

五感で俳句を作ろう！

ポイントは「耳」＝聴覚

「玄関」は、外の世界と通じるパイプ。玄関を開いてみると、さまざまな音が流れ込んできます。ドアを閉めて、家の中の音にも耳を傾けてみましょう。今まで気付かなかった音も皆、句材です。

やってみよう！

1 玄関に立って「音」を探そう

玄関にザリガニ生きる濾過の音　ヒカリゴケ

季語：ザリガニ（夏）

戸締りに立ちし玄関ちちろ鳴く　山田　天

季語：ちちろ（秋）

玄関に水槽が置いてあるおうちもあるかもしれません。その静かな「濾過《ろか》の音」も句材です。「戸締り」のために立った「玄関」には「ちちろ」が鳴いていることもあります。

玄関に五分間立ってみましょう。聞こえてくる音を三つ書きましょう。それが季語かどうか、『歳時記』を調べ、該当するものを○で囲みましょう。

聞こえてくる音

（　　　　）＝（春・夏・秋・冬・新年・無季）

（　　　　）＝（春・夏・秋・冬・新年・無季）

（　　　　）＝（春・夏・秋・冬・新年・無季）

やってみよう！

② インタフォンから聞こえる「音」

インタフォンに猫の鳴き声春の暮　彩楓

季語：春の暮（春）

来客を告げる「インタフォン」からは当然来客の声が聞こえてきます。その声もまた句材です。この句は、来客の声の背後で「猫の鳴き声」がしていることに気付いての一句。上五「インタフォンに」は六音ですが、字余りが一番許容されやすいのが上五。中七下五とリズムを取り戻せばOKです。

彩楓さんの句をお借りして、「インタフォン」から聞こえてくる音に耳を澄ませてみましょう。

1. 聞こえてきた声や音を中七で描写しましょう。

インタフォンに

（季語）

2. 上五中七に似合った季語を取り合わせましょう。

インタフォンに

3. 出来上がった句を清書しましょう。

やってみよう！

③玄関の「チャイム」が鳴った！ さあどうする？

季語：冬ざれ（冬）

冬ざれのチャイム居留守を使おうか

あまいアン

玄関の「チャイム」が鳴ったけれど、出ていくのが億劫な時もあります。このまま「居留守を使おうか」という心の呟きがそのまま俳句になりました。季語「冬ざれ」とは、荒れてさびれた冬の景を意味します。この句のように心情的な使い方をすることもあります。心までさされていくれているような冬の日。誰かが訪ねてきたけど、なんだか出ていくのも億劫。このまま「居留守を使おうか」と迷う作者です。

もし今、あなたの家の「冬ざれのチャイム」が鳴ったら、どんな行動を取りますか。自分の行動や心情を想像して（　）に書いてみましょう。

冬ざれのチャイム

（　　　　　　　　　　）

これは「句またがり」という型です。中七の途中に意味の切れ目があり、一句が上下に分かれる形です。新しい型を一つ覚えましたよ。

やってみよう！

④「句またがり」を使った取り合わせの応用

これまでも練習してきた「取り合わせ」の応用です。「うららかな」は春、「暑苦しき」は夏、「爽やかな」は秋の季語です。どれも上五を構成し、中七「チャイム」に続きます。

1.「句またがり」後半の九音を考えてみましょう。それぞれの季語の気分によって、自分の行動や心情がどう変わるか、想像してみましょう。

うららかなチャイム

（　　　　　　　　　）

暑苦しきチャイム

（　　　　　　　　　）

爽やかなチャイム

（　　　）

2. 一番気に入った句を清書してみましょう。

やってみよう！

⑤ 玄関で交わされている会話も「俳句のタネ」

ただいまと届く泣声春の雨

季語：春の雨（春）

24516

「ただいま」の声がなんだか元気がないなと思ったら、「泣き声」も聞こえてくる。学校で何かあったんだろうかと心配する親心でしょうか。玄関の外はしとしとと降り続く「春の雨」です。

ただいまのままを遮った春日傘

季語：春日傘（春）

香野さとみ

「ただいま！」と元気に玄関を開けると、「春日傘」を開きながら玄関を出てきた人がいる、という場面を想像しました。

お二人の句をお借りして、**「ただいま」という声で一句作ってみましょう。**

1. 上五「ただいま」の後の助詞を一字入れましょう。

ただいま（　）

（季語を含んだ十二音のフレーズ）

2. 中七下五で、季語を含んだ十二音のフレーズを作ります。中七下五のどこに季語が入ってもかまいません。帰ってきた人の声や行動を別々の季節で書いてみましょう。

ただいま（　）

ただいま（　）

3. 一番気に入った句を清書しましょう。

玄関の中・ドアの外にある季語

玄関の下駄箱の上や板の間の一隅に、四季の花を飾ってお客さんをお迎えする家は多いですね。花のほとんどは季語なので、花を見たら一句、で間違いなし。

一輪挿しの椿（春）、薔薇（夏）、ガーベラ（夏）や、花瓶に飾るチューリップ（春）、かすみ草（春）、桔梗《ききょう》（秋）や、花器に活ける桃の花（春）、菊（秋）、千両（冬）など、花のおかげで明るくなったり、涼しくなったり、暖かく見えたりと、花のある玄関の表情を詠み分けてみましょう。三月の「雛祭」、中秋の名月の「月見」、そして「お正月」用の花など、行事にふさわしい飾りつけをする家も多いと思います。

玄関には、人を含むいろんな生き物も訪れます。金魚鉢（夏）や、熱帯魚（夏）の水槽を置いてある家もあります。天井の隅に蜘蛛の巣（夏）が掛かっていたり、小さな蜘蛛（夏）がすうっと降りてきたり。蠅《はえ》も蚊も夏の季語です。「春の蠅」「春の蚊」は生まれたての様子、「秋の蚊」「冬の蠅」は寒さに弱々しくなった様子が詠めます。

季語コラム

「春光《しゅんこう》」は、明り取りの窓越しにも、ドアの除き窓からも入ってきます。梅雨時の昼でも暗い玄関内には「五月闇《さつきやみ》」（夏）という季語がぴったり。「春泥《しゅんでい》」のついた靴や「雪靴」（冬）にはどんなドラマがあるのでしょう。そう、玄関は、さまざまなドラマの舞台なのです。

玄関の外にも、シクラメン（冬）の鉢植えがあったり、躑躅《つつじ》（春）や紫陽花（夏）が咲いていたり、青山椒《あおさんしょう》（夏）のよい香りの風が吹いてきたり。玄関の戸を開けただけで、ああ「暖か」になったなあ、と感じます。天道虫《てんとうむし》（夏）なんて可愛いお客さんも来てくれます。玄関に甕《かめ》を置いて目高《めだか》（夏）を飼っている家もあります。（我が家はベランダに置いています。）玄関灯に集まるのは、灯取虫《ひとりむし》（夏）、蛾のことです。昔はよく軒下に燕の巣（春）があったものですよ。今でも蝶（春）や蜂（春）は飛んできますし、かたつむり（夏）や蟻（夏）も来るでしょう。春雨が降っていたり、小さな鯉幟《こいのぼり》（夏）を玄関に差していたり、蝉の声（夏）が聞こえたり、守宮《やもり》（夏）は玄関の内にも外にも居ますね。わが家を守ってくれているようにも感じます。

ブログ「夏井いつきの100年俳句日記」にて募集した俳句の中から、秀句・佳作を紹介します。

「玄関」秀作

表札の窪みに嵌る蒼き蜘蛛　うらら
戸締りに立ちし玄関ちちろ鳴く　山田 天
集荷待つ三和土ににほふ聖菓かな　明惟久里
歓待のカサブランカに襲はるる　小野更紗
門松の蹴飛ばされては起こさるる　小野更紗
ががんぼの居着く埃の明かり取り　抹茶金魚
敷石の溝ゆく団子虫うらら　抹茶金魚
亀鳴けば三つ指ついて迎えましょ　ヒカリゴケ
玄関にザリガニ生きる濾過の音　ヒカリゴケ
花片をうけて不在者通知かな　有田けいこ
玄関へ空蝉だけがのこされる　有田けいこ
玄関にツバメ注意の木札打つ　竜胆
玄関の灯へ守宮手を広ぐ　竜胆
玄関の白靴だけがしゃんとする　ときこ
傘立てに梅雨の透明押し込める　ときこ
秋湿立てかけてある松葉杖　パインあめ

内鍵の音に送られ春深し　パインあめ
我知らぬ桜一片夫の靴　うしうし
喪の靴の黴を拭うている静夜　うしうし
ドアノブに回覧板と夏蜜柑　さるぼぼ
清め塩さらさらと落つ寒北斗　さるぼぼ
帰省子を待ちまた玄関へ立ちにゆく　めいおう星
朧夜を来て玄関の湖底めき　めいおう星
玄関に若きなまはげ会釈せり　永井潤一郎
玄関を出て二歩三歩あゝ春だ　永井潤一郎
はつなつを束ねてドアの穴光る　魚ノ目オサム
玄帝に押し返される朝のドア　魚ノ目オサム
インタフォンに猫の鳴き声春の暮　彩楓
靴箱に小さきシーサー春惜しむ　彩楓
うばぐるま幌静かなる春の暮　森なゆた
捺印の代わりにミモザ差し上げる　森なゆた
縁側が玄関になる夏休み　比々き
柊鰯うつす防犯カメラかな　比々き

靴べらをすべりゆく足秋来る　立川六珈
電報受けとる遠花火のあがる　立川六珈
冬ざれのチャイム居留守を使おうか　あまいアン
靴べらの冷ややかな朝故郷発つ　カリン
夕焼けや郵便受けは今日も空　カリン
だんびろの靴散らかして来た大暑　トポル
三足の賀客の靴の揃ひけり　ひでやん
早朝の掃除楽しや燕の巣　斎乃雪
見送りの犬の眼澄みし冬の朝　はなゆき
線量計かざす燕の巣の下に　ふづき
緑陰の門口へ泥団子二個　ぷりむらかりの
夫の活けたる大甕の山桜　まりりん
遊ぶなら靴揃えんか葱坊主　モッツァレラえのくし
玄関の鍵の鈴音春寒し　よっちゃん
玄関の春日に立つは子の担任　遠きいち
玄関の知らぬ日傘をさしてみき　花屋
傘立てにバットも立つや春日和　菊池洋勝
盛り場の匂ひのコート脱ぎにけり　吉川哲也

花の外へ小さき柩を送り出す　久遠
ただいまのまを遮つた春日傘　香野さとみ
門扉に吊る班長札へ朧月　市川七三子
三指はついて待たない吾亦紅　実峰
春陰や客を迎える茶トラねね　珠桜女あすか
百千鳥玄関の母振り向かず　重波
永き日のドアスコープに歪む空　春野いちご
ビニル傘まだ白南風を飛びたげに　小泉岩魚
雛菊と疲れたヒール斜塔めく　小倉じゅんまき
長靴に去年の泥や年明ける　小市
玄関の二重ロックや冴返る　杉本とらを
玄関にスノボ釣竿春コート　西川由野
客人の靴へ逃れしちちろかな　土井探花
玄関の三和土の奥の夕焼かな　糖尿猫
玄関を大きく開けて春祭　富山の露玉

玄関に空蝉のごと死者の靴　富樽
下駄箱の上でよからう金魚鉢　椋本望生
鍵穴のかすかなあかり秋の暮　鈴木麗門
吉といふ鬼門玄関水を打つ　ウロ
故郷の名水土間へ月の客　えりこ
玄関へ蟷螂の腹太しふとし　ことまと
センサーで点る門灯多喜二の忌　このはる紗耶
サンダルに塩の匂いや夏来る　じゃすみん
梅が香や猫の足跡消えぬ土間　せり坊
卒業の日も踏んで履くスニーカー　ちびつぶぶどう

佳作

野遊びや玄関に投ぐランドセル　松永裕歩
玄関に留守番の子や冬の暮　深草あやめ

吾のしごと玄関掃除五〇〇円　神谷燕
ドア開けて朝日を浴びて気も新た　泉州美人
カーディガン襟寄せ子らを見送りぬ　鈴海老
春恨や敷居踏めずに父憎し　禧祐
吾亦紅おかえりなさいとポッと待つ　秋月文美江
三つ指で迎える猫や春うらら　ひまわり猫
うちしめる靴放りて軽し朧月　との
宅配便届きて風薫るを知る　ゆあーん
玄関で冬眠せずに笑うクマ　ちゅうちゃん
門番は郵便受けの雨蛙　お気楽主婦
鋭角に玄関くぐる親燕　十子
同居するふりして玄関のホタル　人見直樹
ドアフォンのむかふにまごとなのはなと　南亭骨太
上り框に並べしみやげ夏往きぬ　柚子

5

風呂

日本人は風呂や温泉が大好き。日本には、まず洗い場で身体を洗ってから、ゆっくり湯につかるという習慣があります。一番手軽なリフレッシュ方法ですね。風呂という時間と空間にも句材はいっぱい。俳人のアンテナを立ててみましょう。

SHAM
RINS
TRTM

秀句から学ぶ「俳句のタネ」探し

皆さんから寄せられた作品の中から、秀句を取り上げ、おうちで俳句を作る時の「俳句のタネ」の探し方について解説していきます。

発想ポイント1

風呂の中ではみな裸。肉体の面白さや魅力を発見

人間はみな裸で生まれてきます。衣服や化粧で飾らない丸裸の真実を一句にしましょう。真実は美しいものばかりとは限りません。醜さもまた真実。俳句にすれば感動が生まれます。

耳裏を洗ってをりぬ朧月

季語：朧月（春）

春野いちご

耳の裏を洗う、という字面には大した品もありませんが、少し首を傾け上目遣いに風呂の窓の外

の月を見ながら、耳裏を洗っている女の姿を想像すると、気品と色香を感じます。朧月が湯気にくもって、ますます朧に見えています。体中のあらゆる部分を洗う句を作ってみてもいいですね。どの部分が一番俳句になるでしょうかね。

洗う背の肉も愛せよ満の月

季語：満月（秋）

小倉じゅんまき

この背肉も腹肉も
二の腕のタプタプも
みな愛おしい！
うむ
見事なまでの
他人目線だ

これは自虐の自画像でしょうか？　それとも自己愛の自画像？　あるいは、汝の背中の贅肉も愛せよ、と釈迦かキリストをもじってふざけているのかしら。何にしろ、面白い句です。醜い自虐も自己愛も俳句にすれば、すなわち第三者の視点となって自分自身を笑い飛ばすことになり、醜さはすっかり消え、純粋なユーモアに変質するのです。

叫ぶ恋猫よ股洗ふわたしよ

季語：恋猫（春）

土井探花

風呂の外の朧の闇の中では、交尾期の猫が盛んに恋をしています。オスがメスを求めて叫ぶ声も朧にくぐもり、可笑しいような、切ないような歪んだ声に聞こえます。風呂の中のわたしはそれを聞きながら、無心に股を洗っているのです。

発想ポイント2

石鹸の形を観察

石鹸はすぐ擦り減ってしまう。月の満ち欠けにも似ています。

角丸き石鹸照らす夏の月

季語：夏の月（夏）

かつたろー。

ちびた石鹸……
我が身をけずって働く姿が他人とは思えないよなー

ちびた石鹸は新しいのに合体させて使うの！
こうぎゅ〜〜っとおしつけて
おまえがやせない理由がわかった気がする
たくましい…

風呂の灯を消し、窓を開けると夏の月。蒸し暑いむっとした闇の中には、使っているうちに角がとれて丸くなった白い石鹸が、しらじらと月光を反射して浮かんでいます。満月が少し欠けて、歪《いびつ》になったような月かもしれません。ただの石鹸でなくて、「角丸き」という細かな観察がミソです。

石鹸は形失ひ春の闇　　季語：春の闇（春）　　桂奈

石鹸を観察するのはなかなか楽しいですね！　この句の石鹸は使い切る寸前の、既に石鹸の形を失いつつある石鹸。この後は、他のちびた石鹸と一緒に網の中にでも入れて使うしかありません。それほど小さな欠けらですから、月光を反射することはできませんが、それでも尚、春の朧な闇の中にほの白いささやかな光を放っています。

発想ポイント3

風呂掃除も「俳句のタネ」

① リビング
② 台所
③ 寝室
④ 玄関
⑤ 風呂
⑥ トイレ

歓待されて黴臭ふ風呂にゐる

季語：黴（夏）

夏井いつき

良い匂いだけが句材ではありません。嫌な臭いもまた大事な「俳句のタネ」。まあまあ、よくいらっしゃいました！　と「歓待」され、まずは汗を流してくださいな、と誘われた「風呂」に「黴」の臭いがしているという一句。七五五の破調（五七五の定型を壊している）ですが、全部足すと十七音になります。ちょっと戸惑っている気分を表現した破調です。

この宿ほどではないにしろ、どこの家庭の風呂も、多かれ少なかれ「黴」の臭いはするのではないでしょうか。自分の嗅覚を鍛えるために、いろんな匂いを探してみましょう。

浸かる湯の天井に黴見つけたり

季語：黴（夏）

ヤッチー

こちらは自宅のお風呂でしょう。やれやれと、ほっとして浴槽に浸かって、ふと天井を見上げた時に、昨日まで無かった黴を今日初めて見つけた、という句。あれっ？　という小さな驚きの一句です。あまり小さい黴だと見つけられないので、ある程度、密やかに育って、ある日目に留まるような大きさになったという、黴の本質も突いています。

目地の黴親の代から育ており

季語：黴（夏）

トポル

風呂のタイルとタイルの間ですね。目地に生えた黴はなかなか掃除が厄介です。昔は亀の子たわしで、きちきちとどこもかしこもこすって回ったものです。重労働でした。今はスプレーで黴をみな殺しにしてしまう便利な薬剤ができました。もちろん我が家でも重宝しておりますが、「親の代から育ており」なんて古きよき昔の風情はもうありませんね。懐かしいような一句です。

能面のごとき顔して黴殺す

季語：黴（夏）

江津

私は必殺仕事人！
殺すのはカビだけど
シャキーン
カビキラー

薬剤を噴霧して黴掃除をしている人の顔を、「能面のごとき」と写生しています。風呂の鏡に映った自画像かもしれません。薬剤を吸い込まぬよう、なるべく息をしないように、目も細めているのでしょう。「黴殺す」と言い切ったところも面白いです。

発想ポイント4

いまどきの風呂にはいろいろな機能がある

あいそなき追ひ焚ボタン春隣

季語：春隣（冬）

直木葉子

昔、薪で風呂を焚いた時代は、湯が冷めてくると釜に薪をくべ足して熱くしたものです。風呂の窓をちょっと開けて、「いい湯だ。ありがとう。」と声をかけると、「どういたしまして。」と挨拶が返る。これは現代の「追い炊きボタン」を押して、愛想の無い機械の声を聞いている人の一句です。「春隣」の季語に、昔を懐かしみながら。

湯の抜ける音の高さよ万愚節

季語：万愚節（春）

魚ノ目オサム

最後に風呂に入った人は、「水を抜いといて。」なんて言われます。忘れぬうちに水栓を引っ張って水を抜き、身体を拭いている間にも、水はどんどん流れ、最後の数秒はぐわあああああ、ともの

発想ポイント5

風呂で泣きたい夜もある

お風呂での涙は顔を洗うふり

さとい

すごい叫びのような音を発する。それにびっくりした人の一句。「万愚節《ばんぐせつ》」はエイプリルフールのこと。まるで嘘のようなすごい音だったのでしょう。

誰でもそうだと思いますが、私もお風呂に入って泣いた夜は数えきれません。泣けるうちに泣きましょう。笑える時に、思い切り笑いましょう。泣いたり笑ったりは、心が動いている証拠です。この句の気持ちにぴったりくる季語が見つかるといいですね。

風呂で泣く溢れる涙紛らわす

人見直樹の職場の先輩I

こういうふうに、五七五で思いを述べたあと、何度も読み返して、どこに季語を入れたらこの思いがもっと伝わるか、工夫をしてみましょう。例えば、**風呂で泣く涙紛れて朧月**、というふうに、春のしっとりした風情の季語を使って、情景の浮かんでくる一句にすれば、他の人にもあなたの気持ちがしっかりと伝えられますよ。

季語：髪洗う（夏）

泣く理由探して強く髪洗う

カリン

理由が無くても泣きたい時って絶対にある！「泣くための曲」を集めてプレイリストにしている人もあり。切ない思い出にわんわん泣き、泣いたらすっきりして前進、という人も多いようです。夏は汗をかくので、「髪洗う」が夏の季語になりました。涙は心の汗なんて言う人もありますから、ぴったりの季語ですね。

たったひとつの哭いていい場所髪洗ふ

季語：髪洗ふ（夏）

めいおう星

昔、山下達郎の曲でアン・ルイスが歌っていた「シャンプー」を思い出しました。失恋して短い髪を泣きながら洗っている女の子の歌。俳句も歌謡曲も、思いをうたってところは同じですね。「哭《な》く」という字で悲しみの深さを表す、そんな工夫ができるようになれば、その悲しみはやがて昇華します。

春愁のシャワーざんざんあんなやつ　鈴木麗門

季語：シャワー（夏）

汗をかく夏に浴びてさっぱりする、「シャワー」も夏の季語。この句は、破調と言いまして、五・七・五のリズムではない、三・四・五という独自のリズムを持っています。叩きつけるようにざんざん浴びるシャワーの、水の勢いを感じれば成功です。

仕舞ひ湯の柚子をチキシヤウコンチキシヤウ　堀口房水

季語：柚子（冬）

柚子湯の、仕舞い湯、つまり最後に風呂に入っている人です。ということは夜中に近いかもしれません。一日の終わりに悔しかったことを風呂で呟く。それが柚子湯だったというのが小さな幸福ですよね。カタカナの呟きがお祭の囃子言葉のようなリズムで小気味よい。悔しいはずの一句が、楽しい一句になるよろしさ。

コラム
才能あり!への道

新年しか使えない季語に挑戦!

新年つまりお正月の間だけ使える季語で『歳時記』が一冊できるほど、新年の季語はたくさんあります。一年のうち十五日余りしか使えない季語に挑戦してみましょう。

季語：初湯（新年）

みをしづめたましひあらふはつゆどの　こま

新年の最初の風呂を、初湯、初風呂などと言います。いつものお風呂なのに、いつもとは違う改まった風情。初湯殿のお湯に身を沈め、魂を洗う、と言っております。年末にきちんと大掃除していなければこんな清らかな句にはなりません。偉い！　漢字にすると雰囲気が変わります。平仮名で書いたところに味わいがあります。工夫してみるのも、技ありですね。

季語：初風呂（新年）

初風呂や四十三度ふぐり伸ぶ　としなり

めでたい初風呂だからこそ、「ふぐり」つまり睾丸なんて物を詠んでもめでたい句になります。「初風呂」の温度はいつもより少し熱め。「ふぐり」もほわんと伸びきっているめでたさです。

さう云へば風呂で初泣したやうな

季語：初泣（新年）

立川六珈

初泣きは、新年最初の泣き声や泣き顔。初笑いという季語もあります。主に、赤ちゃんや子どもの様子を詠んだものが多いです。「さう云えば」と言っているこの句は、ただの初泣きの話ではないんですね。今年も泣くことはいろいろあったけど、新年の頃に一人、風呂で「初泣」をしたことを思いだしたわ……という一句なのではないでしょうか。

新年の五音の季語

去年今年《こぞことし》・お正月・お元日・今朝《けさ》の春《はる》・松の内・小正月《こしょうがつ》・女正月《めしょうがつ》・初茜《はつあかね》・初御空《はつみそら》・初日の出・初霞《はつがすみ》・初景色・鏡餅・初座敷・初暦・初屏風《はつびょうぶ》・初灯《はつともし》・初電話・笑初《わらいぞめ》・年賀客《ねんがきゃく》・年賀状・初写真・筆始《ふではじめ》・歌加留多《うたがるた》・絵双六《えすごろく》・福笑い・福寿草

五感で俳句を作ろう!

ポイントは「鼻」=嗅覚

日本人にとって「風呂」は、一番の憩いの場かもしれません。湯の匂い、石鹸の匂い、お気に入りのシャンプーの匂い、入浴剤の匂い、洗い立てのバスタオルの匂い。さまざまな匂いもまた「俳句のタネ」です。

やってみよう!

1 好きなシャンプーの匂いは?

それぞれに好きなシャンプー大暑かな　彩楓

季語:大暑(夏)

家族それぞれに「好きなシャンプー」があるものだから、家族の数だけならんでいるよという一句。季語は夏の時候「大暑」。汗もたくさんかくので「シャンプー」の消費量も多いのでしょう。あなたのおうちにはシャンプーは何種類ありますか。家族全員が同じシャンプーを使っている家もあるでしょうし、一人暮らしなのになぜか使いかけのシャンプーが何種類もそのままになっている? なんていうのも、お風呂アルアルかも。

まずは、お風呂場にあるシャンプー、リンス、コンディショナーの匂いを確かめてみましょう。

	商品		匂いの特徴	商品		匂いの特徴
例	（シャンプー）	→	（シトラス、柑橘系）	（　　）	→	（　　）
	（　　）	→	（　　）	（　　）	→	（　　）
	（　　）	→	（　　）	（　　）	→	（　　）
	（　　）	→	（　　）	（　　）	→	（　　）
	（　　）	→	（　　）	（　　）	→	（　　）

やってみよう！

② 匂いを探そう

新しきシャワーカーテン春隣

季語：春隣（冬）

糖尿猫

匂うのは、シャンプーだけではありません。ホテルに滞在して、バスルームに入ると、何か匂う。あ、「シャワーカーテン」のビニールの匂いか！　と気づくことがあります。思いがけない匂いにも敏感にアンテナを立てることで、新鮮な句材を見つけることができます。

お風呂に入ってから出るまでの間に、「鼻」がキャッチした匂いを覚えておきましょう。脱衣場に入るところから、嗅覚に意識を集中しましょう。

	見つけた匂い		匂いの特徴
例	（シャワーカーテン）	＝	（新しい）
	（　　　　）	＝	（　　　　）
	（　　　　）	＝	（　　　　）
	（　　　　）	＝	（　　　　）
	（　　　　）	＝	（　　　　）

やってみよう！

③ 基本型の復習

1. ②で発見した匂いの特徴を、十二音のフレーズにしてみましょう。

例（ シャワーカーテン ）＝（ 新しい ）

新しき	シャワーカーテン	（季語）
		（季語）

2. 上五中七に似合っていると感じる季語を取り合わせましょう。

新しき	シャワーカーテン	春隣

3. 出来た一句を清書してみましょう。

季語コラム

日本の風呂文化を体験しよう

季語の中には風呂にまつわるものがあります。例えば、風邪を引かないように、冬至の日に柚子湯に入る風習や、端午の節句に菖蒲湯に入って邪気を払う、つまり病気や災厄から身を守る伝統がありました。

脚たたむ立方体の柚子湯かな　トポル

柚子湯の句にはいろいろなものがあります。柚子の色や形や匂いを詠んだもの、柚子湯に入っている作者の姿、思いなどを詠んだものが多いですね。この句は、学生アパートなどに多い、あまり場所を取らずに縦に深い小さなユニットバスに、足を折り曲げて座っている作者の姿です。お湯に浮かべた柚子が、すぐ鼻の先。

湯の波に切っ先揺るる菖蒲風呂　麦吉

菖蒲湯の句もまた多いです。いかに日本人がそのような伝統を大事にしてきたかわかりますね。このお風呂はそれほど小さくもありません。親と子が一緒に入れるくらいの湯船に波を立てると、風呂に入れた菖蒲の長い葉の切っ先がそよそよと揺れる、という句です。まるで風呂の中が菖蒲田になったみたいですね。

「風呂」秀作

ブログ「夏井いつきの100年俳句日記」にて募集した俳句の中から、秀句・佳作を紹介します。

夕月や祭りの前のひとっぷろ　赤馬福助
配管のなかに冬ある風呂場かな　魚ノ目オサム
湯の抜ける音の高さよ万愚節　魚ノ目オサム
大小の風呂桶に射す西日かな　かつたろー。
角丸き石鹸照らす夏の月　かつたろー。
シャンプーを勝手に変える冬ざるる　としなり
初風呂や四十三度ふぐり伸ぶ　としなり
目地の黴親の代から育てており　トポル
脚たたむ立方体の柚子湯かな　トポル
酔へば風呂の叔父の悪癖盆の月　めいおう星
たつたひとつの哭いていい場所髪洗ふ　めいおう星
湯かげんを問うて薪くべ星月夜　よっちゃん
柚子風呂も一人はやはり淋しかろう　よっちゃん
春の風呂牛が鯨を夢見た日　永井潤一郎
どの家も風呂場になにか棲む気配　永井潤一郎
獣には戻れぬ子らの髪洗ふ　霞山旅
シャワー浴ぶ叱る誰かはもう居らぬ　霞山旅
流星や風呂の昏さに大乳房　酒井おかわり

菖蒲湯や日曜の祈りは静か　酒井おかわり
一昨日の地震の記憶髪洗ふ　小野更紗
極月のたちまち水を吸ふ身体　小野更紗
三人目を洗い終えたる夜長かな　糖尿猫
新しきシャワーカーテン春隣　糖尿猫
人日の湯船に姪の水鉄砲　内藤羊皐
春の月嬰の首持つ湯浴みかな　内藤羊皐
さう云へば風呂で初泣したやうな　立川六珈
糠ぶくろ肌へ這はせて月夜かな　立川六珈
三寒四温シャンプーボトルは家族分　竜胆
虎が雨へチマタワシのぐでんぐでん　竜胆
檜葉（ひば）の湯の春の月夜へ四肢伸ばす　有田けいこ
術後七日目空が見へつつ髪洗ふ　有田けいこ
仕舞ひ湯の柚子をチキシヤウコンチキシヤウ　堀口房水
菖蒲湯に怪獣倒すつもりらし　堀口房水
湯につかる耳に心音山眠る　抹茶金魚
湯気にその目玉を舐める守宮かな　抹茶金魚
菖蒲湯にしたたる母乳白き渦　柝の音
風呂場より夫のハミング夏兆す　柝の音

臨月の腹湯に浮かし月明かり　キラキラヒカル
春の雷一番風呂のぴりぴりす　てん点
石鹸は形失ひ春の闇　桂奈
水足してシャンプー尽きる夜の秋　剣持すな恵
それぞれに好きなシャンプー大暑かな　彩楓
洗う背の肉も愛せよ満の月　小倉じゅんまき
シャワー以て夜更けの母を丸洗ひ　凡鑚
湯の波に切っ先揺るる菖蒲風呂　麦吉
湯煙を吸い太る月山眠る　豊田すばる
シャワー浴ぶ何やら動く窓を見つ　椋本望生
春愁のシャワーざんざんあんなやつ　鈴木麗門
万愚節湯舟に臥する砂時計　痺麻人
玻璃越しに蛍の飛べる仕終い風呂　松尾千波矢
夏の暮他人が風呂に浸かってる　江口小春
能面のごとき顔して黴殺す　江津
大騒ぎして犬洗ふ夏休み　香野さとみ
風呂をとぶ秋の蝶こそ寂しけれ　重波
耳裏を洗ってをりぬ朧月　春野いちご
溽暑ゆえ蛇口ひぃんと泣いてをり　小川めぐる
新妻の風呂場を伝ふ壁虎かな　酔芙蓉

菖蒲湯や克服したる七の段　杉本とらを
春近しパステルカラーのバスソルト　雪山
佐保姫や湯舟に乳の溢れ出で　沢田朱里
あいそなき追ひ焚ボタン春隣　直木葉子
思春期や風呂の窓辺に春の月　田中ようちゃん
うとうとと湯船に揺れて春の海　都乃あざみ
叫ぶ恋猫よ股洗ふわたしよ　土井探花
風呂を出て西へでっかい流れ星　猫ふぐ
星涼し児の寝たあとの仕舞風呂　八幡風花
風呂浸かり十まで遠き子の冬至　姫山りんご
手足伸ばせば四肢にひれ生ゆ春の風呂　富樽
泣く理由探して強く髪洗う　カリン
おぼろ月湯船に響くビブラート　こすみ
湯船に放つ除雪四時間分の息　このはる紗耶
みをしづめたましひあらふはつゆどの　こま
炭酸の湯に大寒の身を沈め　ささのはのささ
残り湯に達磨のごとし寒の入り　さとう菓子
雨音が鎖骨に響く桜の湯　さや
湯船には窮屈さうな浮輪の子　さるぼぼ
まだ覚めぬ神輿の火照り流す風呂　じゃすみん

冬の夜湯船で解かす胸の棘　ジュミー
おふろばでこだますふしぎ山笑う　ちま
二番風呂籐筵に父の絆創膏　パインあめ
惜春の湯船ににじむ乳ましろ　はまのはの
髪洗う明日を自力で歩くため　まりりん
月も風も招き入れたる湯船かな　みやこまる
五右衛門風呂板踏み外す夏休み　めだか
猫の子を包むシャボンの泡やさし　ろここ
枯蟷螂風呂の鏡に映りをり　葦たかし
風呂の湯を抜き春愁の声「さらば」　一斤染乃
夕焼けに内緒話の湯船かな　歌鈴
春乙女雌しべのごとく湯にひたり　花屋
浴室の蛞蝓無口なりにけり　吉川哲也
鼻歌やまろやかな湯に溶ける春　吉野ふく
乳の黒子まぶしきまひるシャワー浴ぶ　久我恒子
浸かる湯の天井に黴見つけたり　ヤッチー

佳作

洗面台に誰が置き残した春か　にのうで
桜散りシャワーの音に消す涙　パーキン星人

新学期鼻歌聞こえる湯船から　亜紀
人生の答えもポカンゆずの風呂　大蚊里伊織
浴室の窓でぼやける初雪よ　大津美
耳もとを洗う手をとめ春北風　竹窓
鐘の音数え湯船で去年今年　鶴
乳飲み子のうんち浮きしや菖蒲の湯　灯瑳緒
言へぬことシャワーで流す鳥雲に　猫愛すクリーム
窓越しに鈴虫聞きて湯に浸かる　白石美月
湯加減を問ひし母恋ふ柚子湯かな　福寿
シャワーの「ワー」５０の穴が「ワー」を叫ぶ　福良ちどり
髪洗ふ闇に浮きくる内の滓　祐知子
長湯して窓を開けたら蝉の声　龍香
内風呂の天下人なり水鉄砲　和人
子とならぶ湯船の狭く暖かし　蓼科川奈
夏帯のゆるく収まる脱衣かご　いなべ敏子
沐浴の孫包み抱き春日　しー子

6 トイレ

トイレは家の中で一番狭いスペースであり、その家の色や工夫が凝縮されて出てくる場所かもしれません。
閉鎖された空間で、滞留時間も短いけれど、五感に第六感をプラスして。センスに差が出る俳句の作り方を紹介します。

秀句から学ぶ「俳句のタネ」探し

皆さんから寄せられた作品の中から、秀句を取り上げ、おうちで俳句を作る時の「俳句のタネ」の探し方について解説していきます。

発想ポイント1

トイレの紙も「俳句のタネ」

トイレに必ずあるのがトイレットペーパー。紙の素材の面白さ、音や手触りでも一句詠めます！

トイレットペーパーしゆるる晩夏光

季語：晩夏光（夏）

みにくいあひるの子

トイレットペーパーを引き出してちぎった時、残りの端が垂れてゆく音を表現しました。文語（昔の書き言葉）で表すと「ゆ」が大きくなります。その方がいっそう、しゆるると垂れた紙の様子が伝わる。「晩夏光《ばんかこう》」とは、秋も近づき夏の陽ざしがややしのぎやすくなった晩夏の日の光です。その光の中、しゅるると垂れた紙の色や音を感じて。

季語：春愁（春）

春愁のぐぶと吸はれるおとし紙

久我恒子

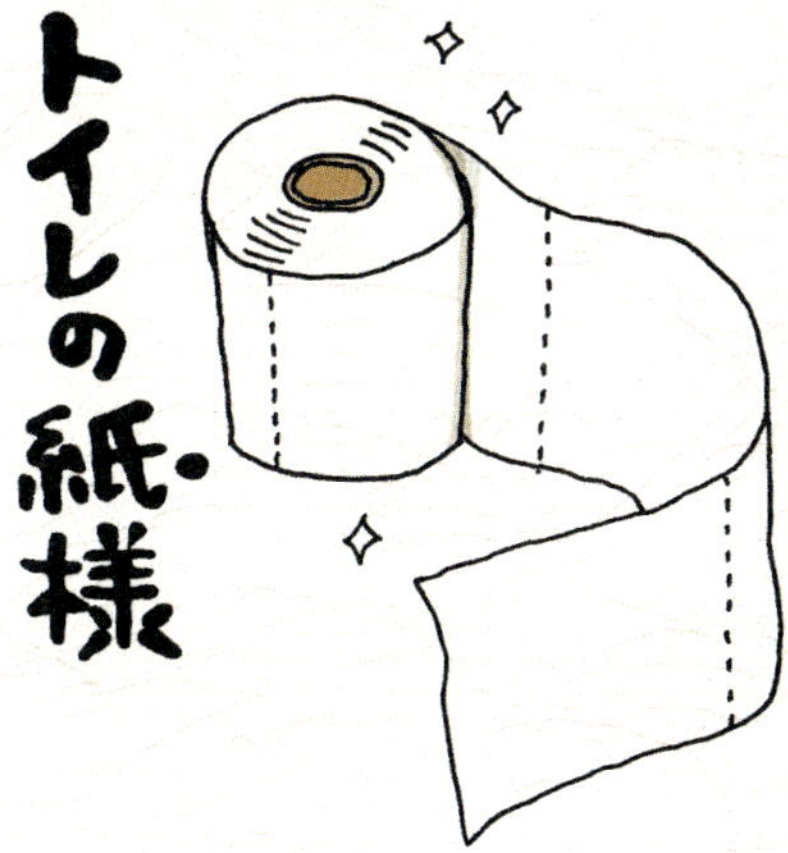

トイレットペーパーの本意は水気を吸う事。吸い込む音を「ぐぶ」と表現しています。ユニークな擬音語が使えるようになれば益々楽しくなります。トイレットペーパーに吸われたのが「春愁」だったという発想がまたいいですね。春愁とはそれほどウェットなものなのでしょう。季語を工夫しているうちに思いがけない一句ができてしまうことも。

発想ポイント2

新しいトイレには新しい「タネ」

昔は無かった機能の数々、風情はなくてもやっぱり便利ですよね。

水青し自動洗浄音涼し

季語：音涼し（夏）

紅の子

ハンドルを動かせば自動的に水が流れて便器を洗う。しかも目に爽やかな青い水が殺菌や洗浄をしてくれる。昔の人には考えもしなかった光景です。いかにも涼し気なこの音を、「音涼し」という夏の季語で表現しました。「涼し」は便利な季語です。「水涼し」「灯涼し」「影涼し」、そして「鐘涼し」なんて季語も。音に感じる涼しさですね。

洗浄のセンサー鈍し土用凪

季語：土用凪（夏）

出楽久眞

手をかざせば便器に水が流れるセンサーが感知しなくて、何度も手を振ってしまう光景、たまにありますよね。鈍いセンサーという機械に取り合わせた季語が「土用凪《どようなぎ》」。夏の終わりの、土用の最中に全く風の無い蒸し暑い日を言います。

音姫の無断で鳴つて冬の真夜

季語：冬の夜（冬）

亜桜みかり

排尿の音を洗浄音で消すというのは日本人だけの感性、「恥」の文化でしょう。それをまた水資源の無駄遣いとならぬように「音姫」を開発した日本人ってすごいのか？　何なのか？　ともかく、音姫を鳴らすつもりはなかったのに鳴りだしてしまった、静かな「冬の真夜」の小さな動揺。

発想ポイント3

トイレならではのモノにも注目

トイレの中をさまざまに工夫して暮らしやすく整えているご家庭が多いでしょう。それで一句。

つっぱり棚落ちて冬入る御手洗

ヒカリゴケ

季語：冬に入る（冬）

冬に入ると、冬の寒気がトイレの中にも満ちてきます。つっぱり棚も悴んで落ちてしまったのでしょうか。どさっと落ちてくると、悲しくなりますね。自分の入っている時じゃない時に落ちてくれたらよかったのに、と思います。トイレに入ったら既に落ちていたという時は、むかっ腹が立ちます。またそれで一句詠めるからいいんですけれど。

詰め替えのミントの青に風光る

季語：風光る（春）

次郎の飼い主

トイレの洗剤には爽やかなミント系のものが多いですね。詰め替え用の袋を買い置きしてトイレのつっぱり棚に並べている家も多いでしょう。そんな詰め替え用の青い容器が、トイレの小窓から吹いてくる春風に光っている光景です。もしくは、トイレ洗浄の青い水や錠剤かもしれません。とにかく、清々しい青なのです。

発想ポイント4

トイレ読書で俳句を詠む

トイレで読書する人の姿で一句。第三者の目で自画像の句が詠めるようになったらすごい！

資本論抱えトイレへ煤籠

季語：煤籠（冬）

ぐずみ

「煤籠《すすごもり》」とは、年末の大掃除である「煤払い」の煤を避けて、どこかに籠っている病人や老人や子どもを詠む季語です。この人は、トイレで数分間の煤籠をしているわけです。それを長引かせるには、『資本論』くらいでっかい本を持ち込むしかない!?（『資本論』は、ドイツの経済学者カール・マルクスが書いた、資本主義の原理を分析した古典的名著）

続き読むための便座やちちろ鳴く

季語：ちちろ（秋）

鈴木麗門

トイレで読み始めた推理小説が面白くなって、用は済んだのに出られない。そんなこともよくあります。特に昨今の便座はほどよく暖かく居心地がよいのです。窓の外の庭で、ちちろ虫（こおろぎ）が鳴いているのも小耳にはさみつつ、悠々と読書を楽しんでいる幸福な一句。

発想ポイント5

トイレに花を飾りましょう♪

花はいつでもどこでも句材。玄関に活けて、リビングに活けて、トイレに活けて一句、です。

白壁の厠ろうたし百合を活く

夜羽

季語：百合（夏）

「ろうたし」とは、「臈たし」と書いて、美しく気品のある様子を表します。「厠《かわや》」はトイレのこと。「白壁の厠は美しく気品がある。（そこに）百合を活ける。」という意味になります。こんな「厠」に似合うのは、やはり臈たけた「百合」でしょうね。

第六感で俳句を作ろう！

ポイントは「脳」＝第六感

「トイレ」は瞑想の場所でもあります。ここで培いたいのが、脳の働きによる「第六感」。たった一人になれる空間「トイレ」にて養う第六感とは⁉

やってみよう！

1 「トイレ」の呼び名、幾つ知ってる？

今でこそ「トイレ」「トイレット」などとカタカナの名前が一般的になってきましたが、**日本語にはさまざまなトイレの呼び名があります。皆さんは、幾つ知っていますか。**

（　　）（　　）（　　）

（　　）（　　）（　　）

一般的な「お手洗い」という言葉もありますが、以下の句で答えを確認してください。漢字で書けるように練習してみましょう。

遠き日の厠おそろし夜半の月

季語：夜半の月（秋）

遠きいち

はばかりの脚の辺りに蚊が群れる

季語：蚊（夏）

糖尿猫

御不浄に吸ひ込まれたる春の闇

季語：春の闇（春）

七草

二の丸の殿の雪隠畳替

季語：畳替（冬）

竜胆

やってみよう！

2 トイレで言葉と向き合おう

腰掛けて真っ直ぐ先に初暦

季語：初暦（新年）

洒落神戸

どこにもトイレとは書いていませんが、「腰掛けて真っ直ぐ先」に「初暦」が掛けてある場所って？　と考えていけば、トイレかも！　と気づく。そこが巧い作り方ですね。

トイレに暦や日めくりを掛けているおうちも多いですね。そこに書いてある言葉と向き合ってみると、トイレならではの句材に出会います。

季語：鉦叩（秋）

鉦叩トイレの壁の「禅語」読む

夜羽

「禅語」を読みながら過ごす「トイレ」での時間。「鉦叩《かねたたき》」の音が窓の外から聞こえてくるのです。「鉦叩」は秋の季語。美しい音色の虫です。書かれてあるのはどんな「禅語」でしょうか。「禅語」について調べてみると、**善哉**《ぜんざい》という言葉を見つけました。「よきかな、よきかな」という意味だそうです。そういえば「夫婦善哉」という言葉を聞いたことがあります。夫婦、善きかな善きかな、という意味なんですね。この言葉を使って、新しい型に挑戦しましょう。

1. 上五を「善哉や」と置きます。季語ではない四音です。

善哉や

（季語を含んだ十二音のフレーズ）

2. 中七下五を作ります。季語を含んだ十二音のフレーズを考えます。記憶をたどり、脳内吟行をしてみましょう。

3. 出来た句を清書してみましょう。

善哉や

※一言アドバイス　「よきかなよきかな」と思えた出来事、その時の光景、そこにあった季語を探しましょう。これは中級者コースの型ですから、すぐに出来なくても、折々に挑戦してみてください。

やってみよう！

③「切れ」と切れ字「や」

ここまで、課題を一つ一つクリアしてきましたが、俳句において重要な「切れ字」について、まとめておきましょう。

季語：桐一葉（秋）

桐一葉ひとは管だと知るトイレ　　小市

これは「取り合わせ」の基本型でしたね。

「五音の季語」＋「季語とは関係のない十二音（俳句のタネ）」

この句の場合は、上五の「名詞」の下で、意味上の「切れ」があります。切れは、意味、内容、リズムの切れ目を指します。一句に二つの内容が入っている時、一つ目の内容の終わりに「切れ」がある場合が多いですね。

「桐一葉」で意味が切れ、季語とは関係のない「ひとは管だと知るトイレ」というフレーズが取り合わせられています。大きな葉がゆっくりと落ちていく「桐一葉」という格調のある季語と取り合わせられることによって、中七下五には哲学的匂いも漂ってくる一句です。

季語：うららか（春）

うららかやトイレにたぶん付喪神

内藤羊皐

似たような型ですが、上五が「四音の季語＋助詞」です。この場合は、切れ字「や」によって、強い切れが生じ、すぐ上にある言葉を強調します。この句は、上五で「うららかや」と春の季語「麗」を強調してから、中七下五の「トイレ」の光景が出現するという構造です。なんて「うららか」な日なんだろう！　この（気持ちよく掃除の行き届いた古い）「トイレ」には「たぶん付喪神《つくもがみ》」が憑いてるよ（だってこんなに古いけど、こんなに居心地がいいのだもの）という一句。

「四音の季語＋助詞」＋「季語とは関係のない十二音（俳句のタネ）」

切れ字「や」は文法的にいうと間投助詞です。この切れ字は、体言（名詞・代名詞）につくことが多いのですが、活用語などのいろんな言葉の後ろに付けることもできます。試みに「うららかな」と上五で切らずに繋げてみましょう。

うららかなトイレにたぶん付喪神

切れ字「や」の強調がなくなるので、一句が緩い感じになります。中七の「たぶん」も緩い言葉ですので、全体にユルユル感が漂いお互いに言葉のよろしさを殺し合います。比較してみると、「うららかや」の切れ字の効果を分かっていただけるのではないでしょうか。

では、次の三句について、それぞれ「切れ」がどこにあるのか、考えてみましょう。

季語：流星（秋）

流星やカラカラ笑う厠神

オレごとう

お便所の神にもちさき鏡餅　ねもじ
季語：鏡餅（新年）

あらたまの厠の神に挨拶を　片野瑞木
季語：あらたま（冬）

どうですか？　わかりましたか？

「流星や」の「や」は、切れ字ですね。「流星」を強調し、カットを切り替えます。「お便所の」の助詞「の」は切れを作らずに、下へ意味がつながっていきます。下五が「鏡餅」と名詞で終わっていますので、ここで切れていると考えられます。

「あらたまの」の助詞「の」も切れを作らずに、下へと意味がつながっていきますが、下五も「挨拶を」と意味が続いていき、切れがない形になります。


やってみよう！

④ 切れ字「かな」に挑戦

蒼き月欠ける音する厠かな　じゃすみん
季語：月（秋）

切れ字「かな」は、しっとりと静かな詠嘆です。「蒼き月」が「欠ける音」がしているかのような「厠」でありますねえ、という一句です。

切れ字「かな」は、文法的にいうと終助詞です。元々「かな」という助詞は、判断の揺らぎを意味するものだったのだそうです。そこに曖昧さがあるということです。この句を例にとれば、何か音がしている気がするのだけれど、これは「蒼き月」が「欠ける音」かもしれないと感じるのですが、（あなたはどう思われますか）というニュアンスになります。

1. 切れ字「かな」に挑戦してみましょう。

まずはトイレに行ってみましょう。五感＋第六感を使って、どんな季語を感じとることができるのか、やってみましょう。見つけた季語の季節も確認します。

見つけた季語		季節
（　　　　　）	＝	（春・夏・秋・冬・新年・無季）
（　　　　　）	＝	（春・夏・秋・冬・新年・無季）
（　　　　　）	＝	（春・夏・秋・冬・新年・無季）
（　　　　　）	＝	（春・夏・秋・冬・新年・無季）

2. **発見した季語を入れて、上五中七を作ります。**

厠かな

3. **出来上がった句を清書しましょう。**

やってみよう！

⑤ 切れ字「けり」に挑戦

切れ字「けり」は、元々は過去の意味を持つ助動詞でした。それがいつしか詠嘆の意味を持つようになったのはなぜだろう？　と疑問に思っていたのですが、中岡毅雄著『俳句文法心得帖』（NHK出版）に文法学者大野晋先生の説が紹介されていて、なるほどと納得しました。

季語：秋（秋）／風鈴（夏）

くろがねの秋の風鈴鳴りにけり　　飯田蛇笏

そもそも「けり」は「気づきの助動詞」だったのだそうです。その状況はすでにあったのに、今ハッと気づいた、という意味になります。「くろがねの秋の風鈴」は元々そこにあったのに、今、作者がハッと気づいたわけです。夏の季語「風鈴」が吊るされたまま、季節は秋になっている。季重なりの季語「秋の風鈴」になっているなと、作者は気づいたのです。

季語：オリオン（冬）

オリオンを待たせておいてまりにけり　魚ノ目オサム

「まりにけり」の「まり」は言い切りの形が「まる」。漢字で書くと「放る」と書きます。排泄するという意味です。俳句で「糞る」と書いて「まる」と読ませるのは慣例です。「放る」では「放る（ほうる）」とも読め、分かりにくいので「糞る」という字を当てるようになってきました。「糞（まり）」という名詞も、動詞「糞る」から派生しました。この句の意味は、（厠の窓から見える美しい）オリオン（に気づかず）待たせたまま、放りていたのだな（とハッと気づいた）というニュアンスになります。

1. 切れ字「けり」に挑戦してみましょう。

④で見つけた季語はまだありますね。その季語を使って、上五中七を作ってみましょう。

2. 出来上がった句を清書しましょう。

糞りにけり

第六感とは、理屈では説明のつかない、鋭く本質をつかむ心の働き。インスピレーション。勘。直感。それを「第六感」と呼びます。

季語：囀（春）

囀りや厠に渦を巻く思考

抹茶金魚

トイレと呼ぼうが厠と呼ぼうが、そこはたった一人になれる小さな空間です。思考すること、記憶を呼び覚ますこと、勘を働かせること、直感を研ぐことは、発想力を耕すことに繋がります。我が脳内にある「俳句のタネ」を探し出す。それも豊かな時間です。ただ、あまりにもそれに打ち込み過ぎて、家族を困らせることがないようにしてくださいね（笑）。

季語コラム

トイレで見つけられる季語

トイレで過ごす時間が人の一生にはどのくらいあるのか、考えて見たことはありませんが、結構な時間になりそうな気がします。我が家にもトイレ文庫があります。本を読むのもいいものですが、俳句のタネ探しもお忘れなく。

春になってもまだまだ寒い。トイレに立つと「春寒《はるさむ》」の季語が実感できます。ある日手洗いの水が温かくなったと感じたら、「水温《みずぬる》む」の季語を使って。春特有の悩み事「春愁《しゅんしゅう》」はトイレで解決しましょうか。交尾期の猫の鳴き声「猫の恋」をしみじみと座って聞く。小窓を開ければ、軒下に「燕の巣」が見える。眠れない「熱帯夜」に何度もトイレに通ったら一句。「大西《おおにし》日」が射し込むトイレの暑さは格別ですね。裏庭の「夏の草」の茂りや匂いも感じて。トイレにも「秋の風」が吹き込み、窓に「稲《いな》光《びかり》」や「渡り鳥」が見え、「虫の声」が聞こえたら秋の一句。「秋涼し」から「そぞろ寒」まではあっという間です。「年の暮」はゆっくり座っていられないほど気忙しいもの。窓にじっとしている「冬の蠅」や「冬の蝶」に語りかけるつもりで一句。「隙間風」も冬の季語です。「寒椿」を飾って目を楽しませましょう。

「トイレ」秀作

ブログ「夏井いつきの100年俳句日記」にて募集した俳句の中から、秀句・佳作を紹介します。

ワンルーム便器相手の初湯かな　洒落神戸
腰掛けて真っ直ぐ先に初暦　洒落神戸
流星やカラカラ笑う厠神　オレごとう
蟋蟀の廊下廻りて用をたし　はずきめいこ
のどけしや昔かはやに金かくし　青萄
日めくりに龍馬の言葉蝉しぐれ　江津
トイレにも神坐す国おぼろ月　江津
御不浄に吸ひ込まれたる春の闇　七草
引退のニュース春のトイレのiPad　七草
銃の無い暮らしトイレへ春の風　酒井おかわり
ペーパーのカラカラ龍は天登る　酒井おかわり
比良八荒便座の裏の汚れ取り　糖尿猫
はばかりの脚の辺りに蚊が群れる　糖尿猫
麗らかや便座に猫背育てをる　堀口房水
悴むやあらぬ方へと落とし紙　堀口房水
トイレの窓より風の光る匂い　理酔
汲み取りの匂い始むる薄暑かな　理酔
囀りや厠に渦を巻く思考　抹茶金魚
宵闇へをるやと祖父に問ふ厠　抹茶金魚

鬱一つトイレに落とす四月馬鹿　椋本望生
着膨れて月光を聴くトイレかな　椋本望生
鉦叩トイレの壁の「禅語」読む　夜羽
白壁の厠ろうたし百合を活く　夜羽
閉ぢ籠る狭きトイレへ大西日　竜胆
二の丸の殿の雪隠畳替　竜胆
ゆっくりと用足す世界原爆忌　ヒカリゴケ
つっぱり棚落ちて冬入る御手洗　ヒカリゴケ
音姫の無断で鳴つて冬の真夜　亜桜みかり
烏瑟沙摩の御札に埃春の宵　亜桜みかり
春愁のぐぶと吸はれるおとし紙　久我恒子
便壺を浄め百物語かな　久我恒子
秋冷や音無く閉じてゆく便座　魚ノ目オサム
オリオンを待たせておいてまりにけり　魚ノ目オサム
轡虫ノックは三度までにしろ　実峰
梅雨明けてペーパー流す水は青　実峰
桐一葉ひとは管だと知るトイレ　小市
春来たるトイレに籠もり読む修司　小市
星月夜トイレの壁の周期表　小泉岩魚

便座カバーしゅぽっと外れ涼新た　小泉岩魚
明日は検査トイレの窓の大夕焼　沢田朱里
はばかりに相田みつをとらふばいと　沢田朱里
籠城の本が決まらぬ小晦日　剣持すな恵
快便を報告しあふ四月馬鹿　香野さとみ
御不浄に座して目が合う竈馬　斎乃雪
ポータブルトイレに母の夜の長し　てん点
洋式のカバーしろつめくさで編む　ときこ
朧夜の活字の混じる落とし紙　トポル
お便所の神にもちさき鏡餅　ねもじ
秋冷のトイレを磨きあげにけり　ひでやん
春深しトイレの壁のルノアール　まりりん
トイレットペーパーしゆるる晩夏光　みにくいあひるの子
秋うらら私の居間はトイレです　永井潤一郎
遠き日の厠おそろし夜半の月　遠きいち
颱風の気配を聞いている便座　吉野ふく
月光の便座厭離の父を嵌む　久遠
水青し自動洗浄音涼し　紅の子
詰め替えのミントの青に風光る　次郎の飼い主

洗浄のセンサー鈍し土用凪　出楽久眞
座する間も世界は動く厠春　春野いちご
化学式トイレに残し入学す　順
愛の日のトイレに流す煙草かな　小野更紗
トイレットペーパーカラカラ日の盛　松尾千波矢
鈴虫やトイレの鍵は開けたまま　城内幸江
風光る御不浄につく御の文字　台所のキフジン
穀雨とよトイレの壁の農暦　直木葉子
うららかやトイレにたぶん付喪神　内藤羊皐
あらたまの厠の神に挨拶を　片野瑞木
八月大名便所スリッパ買い替える　うしうし
資本論抱えトイレへ煤籠　ぐずみ
御不浄は不浄にあらず文化の日　ことまと
厠窓小さき空も春の空　さとう菓子
蒼き月欠ける音する厠かな　じゃすみん
鳥雲に厠に小さき嵌め殺し　凡鑽
まづ厠から表紙剥ぐ初暦　麻中蓬子
重文の東司と申す片かげり　有瀬こうこ

トイレットペーパーからり秋の空　立川六珈
スリッパふかふかお元日のトイレ　立川六珈
続き読むための便座やちちろ鳴く　鈴木麗門
大トラの便器に吠ゆる春の暁　くま鶉
冬深し汲み取り式の底は闇　莎草

佳作

父のため手摺だらけをながめ春　ときたひでこ
暖かやトイレ囲みし花もよう　ひなたろー。
神棲むと怠りのなく秋の朝　ひらり
青い夜の暖房便座の温もり　飴玉
お手洗いのスリッパの色春色に　栄子
神ぞ知る寒いトイレの厚い紙　玉井東水
三歳のトイレ双六ふりだしに　恒泰
菜種梅雨トイレそうじは夫すべし　紅さやか

はばかりの巨大な蜘蛛にたまげをり　今日はアッシー
夏帽子おまるの上でラッパ吹く　彩お茶子
除夜の鐘トイレの神様と数えおり　七瀬ゆきこ
さかり声厠の外は春の宵　純音
厠ごと守る無花果実の二つ　真繍
一枝の梅の香りの閑所かな　青花
籠りをる厠の窓に雪女　谷口詠美
多言語の指示あるトイレ文化の日　谷山みつこ
アロハシャツ横切る真夜の厠かな　田村せつ子
厠まで辿りつけたり春光　藤井眞おん
麗人の放屁筒抜け閑所春　浜風
うちわ持ち「しーし」と個室の戸をたたく　舞花舞花
春待たるウン柱高き厠かな　藍微塵
五月雨を背中で聞いて厠かな　旅子
桜咲き剥がすトイレの英単語　ミセウ愛
春が来て一番好きな閑所かな　高橋鰈舟

コラム
才能あり!への道

あとがきにかえて

ここまでいろいろな型を覚えてきました。整理をしておきましょう。

まず、技法は大きく分けると二つです。

「一物仕立て」

「取り合わせ」

※他に、「一物仕立て」に「取り合わせ」の手法が取り入れられたものがあります。

次に型です。

本書で紹介した「取り合わせ」の型をまとめておきます。

「五音の季語」＋「季語とは関係のない十二音（俳句のタネ）」

「季語とは関係のない十二音（俳句のタネ）」＋「五音の季語」

「季語を含んだフレーズ」＋「季語を含まないフレーズ」

※「句またがり」と呼ばれる型。中七の途中に意味の切れ目がある。

「季語ではない四音の名詞＋や」＋「季語を含んだ十二音」
「季語を含んだ十二音」＋「季語を含まない五音」

さらに【❻トイレ】では、三つの切れ字「や」「かな」「けり」について学びました。学ぶべきことはまだまだたくさんありますが、これらの基本的な技法、型、切れ字などを繰り返し使い、自分の体に馴染ませることが、俳句修行です。

「技法、型、切れ字等を反復練習する」ことが、俳句修行の両輪の一つだとすれば、もう一つは「季語を体験する」ことです。ここまで本書を読み、課題を一つずつクリアしてきた皆さんは、おうちの中でもたくさんの季語体験ができることを理解してくださったはず。歳時記と仲良くなればなるほど、さらに豊かな季語が生活の中に存在していることが分かってきます。

俳句を始めると、学ぶべきことが次々に現れます。季語をめぐるさまざまな雑学もまた心躍る学びです。「学ぶ」という名の好奇心が、私たちの人生を豊かにしてくれます。一緒に楽しく学び続けましょう。

夏井いつき

まずは気軽に！ 投句をしよう！

俳句が作れるようになったら、勇気を出して投句しましょう。
はがき、投句用紙、パソコン、スマホを使って、
誰でも、いつでも、簡単に投句できます。
楽しみながら、自分ならではの一句を作りましょう。

投句先一覧

			応募要綱	宛先・問い合わせ先	
無料	新聞	朝日新聞	はがき1枚に1句。	〒104-8661	東京・晴海支店私書箱300号 朝日俳壇 係
		読売新聞	はがき1枚に1句。 インターネット投稿も可。	〒103-8601	日本橋郵便局留 読売俳壇 ○○先生（希望選者名） 係 https://form.qooker.jp/Q/ja/utahai/toukou/
		毎日新聞	はがき1枚に2句。 希望選者1人を明記。	〒100-8051	毎日新聞学芸部 毎日俳壇 係
		産経新聞	はがき1枚に1句。	〒100-8077	産経新聞東京本社文化部 俳壇 係
		日本経済新聞	はがき1枚に3句まで。	〒100-8658	日本郵便銀座支店私書箱113号 日本経済新聞文化部 俳壇 係
	テレビ	NHK俳句	はがき1枚に1句。 インターネット投稿も可。	〒150-8001	NHK「NHK俳句」係 https://www.nhk.or.jp/program/nhkhaiku/form.html
	ラジオ	夏井いつきの一句一遊	メール・はがき。毎週兼題・テーマ有。複数応募可。	〒790-8510	メール：ku@rnb.co.jp 南海放送ラジオ 「夏井いつきの一句一遊」係
		文芸選評	はがき1枚に3句以内。	〒150-8001	NHKラジオセンター 文芸選評俳句 係
	インターネット	現代俳句協会インターネット俳句会	IDとパスワードを設定し、「投句・選句・掲示板」ボタンより投句。		https://www.gendaihaiku.gr.jp/haikukai/
		俳都松山俳句ポスト365	1回2句まで。 複数応募可。		http://haikutown.jp/post/
有料	賞	NHK全国俳句大会	HPから所定の用紙をプリントし応募。複数応募可。	〒186-8001	東京都国立市富士見台2-36-2 NHK学園 NHK全国俳句大会事務局
		角川全国俳句大賞	応募用紙または インターネットから応募。 複数応募可。	〒102-0071	千代田区富士見1-12-15 角川本社ビル8F 角川文化振興財団 事務局

※応募するときは詳細を確認してください。

夏井いつき

昭和32年生。松山市在住。俳句集団「いつき組」組長、藍生俳句会会員。俳都松山大使。第8回俳壇賞。俳句甲子園創設に携わる。松山市「俳句ポスト365」等選者。『プレバト!!』(MBS/TBS系)等テレビ出演のほか、新聞、雑誌、ラジオで活躍中。著書に『超辛口先生の赤ペン俳句教室』、句集『伊月集　龍』(小社刊)、『夏井いつきの世界一わかりやすい俳句の授業』(PHP研究所)、『「月」の歳時記』(世界文化社)等多数。

装丁デザイン　坂川朱音
本文デザイン　坂川朱音　太田斐子
イラスト　いのうえさきこ
執筆協力　ローゼン千津(夏井&カンパニー)
校正　八塚秀美(夏井&カンパニー)
編集協力　伊藤久乃(夏井&カンパニー)
編集　仁藤輝夫　藤川恵理奈

夏井いつきのおウチde俳句
2018年11月14日　初版第1刷発行

著者　夏井いつき

発行者　原 雅久
発行所　株式会社朝日出版社
〒101-0065
東京都千代田区西神田3-3-5
電話03-3263-3321(代表)
http://www.asahipress.com
印刷・製本　図書印刷株式会社

ISBN　978-4-255-01087-8 C0095